AF456291

Emile LAURENT

LA POÉSIE DÉCADENTE DEVANT LA SCIENCE PSYCHIATRIQUE

PARIS

ALEXANDRE MALOINE, ÉDITEUR

21, Place de l'École-de-Médecine, 21

1897

LA POÉSIE DÉCADENTE
DEVANT LA SCIENCE PSYCHIATRIQUE

DU MÊME

La médecine des âmes. 1 vol. in-32, avec élégante reliure de luxe........................ 2 50

Sensations d'Orient. (Le Caire, la Judée et la Syrie), in-12......... .... 3 50

Les mariages consanguins et les dégénérescences, 1 vol. cartonné................. 2 »

Dr Emile LAURENT

LA POÉSIE DÉCADENTE DEVANT LA SCIENCE PSYCHIATRIQUE

PARIS

ALEXANDRE MALOINE, ÉDITEUR
21, Place de l'École-de-Médecine, 21

1897

PRÉFACE

Il y a quelques années, j'avais déjà présenté, dans un article de Revue, quelques réflexions sur cette question de la poésie décadente dans ses rapports avec la dégénérescence. M. Frédéric Passy m'écrivait à ce sujet : « Je viens de me faire lire votre article *Poètes et Dégénérés* et je tiens à vous dire qu'il m'a très vivement intéressé. Me permettez-vous d'ajouter que ce n'est pas seulement comme étude médicale ou philosophique, mais aussi comme morceau littéraire d'une très haute valeur, que j'ai goûté cet article. Malgré ce qu'il y a parfois d'intéressant et même de remarquable, comme harmonie surtout, dans certaines de ces élucubrations maladives, il serait bien désirable que les aliénistes puissent guérir une partie de ceux qui s'y livrent. J'aime et j'admire la poésie ; mais quand elle fait tort au bon sens, je préfère que l'on laboure la terre ou qu'on gâche du plâtre en se remettant les muscles et le cerveau en équilibre. »

Je n'ai rien voulu dire autre chose dans les pages qui vont suivre.

J'ai simplement voulu montrer que chez certains individus, la poésie n'était qu'une sorte d'extériorisation du détraquement cérébral, une manifestation de leur état d'infériorité mentale.

Certains dégénérés peuvent avoir des élans surprenants, s'élever sur les ailes de la poésie à des hauteurs presque inaccessibles, ciseler des vers d'une délicatesse exquise, d'une douloureuse et ravissante morbidesse, comme Verlaine ou J. Moréas, d'autres ne dépassent jamais une incohérente verbigération presque uniquement basée sur les assonances. Les premiers sont ce qu'on est convenu d'appeler des dégénérés supérieurs, des progénérés. Les seconds ne sont que des débiles et des faibles d'esprit. Mais chez les uns comme chez les autres, on retrouve, à certaines heures au moins, les signes incontestables, les stigmates indélébiles de la déséquilibration cérébrale. J'ai cru faire cette preuve en rapprochant leurs poésies de celles des aliénés et des dégénérés.

Certes je n'ai point voulu dire que tous les poètes que j'ai englobés sous l'appellation générale et mal déterminée de décadents soient des fous ou des imbéciles. S'il y a parmi eux des détraqués inférieurs, des débiles prétentieux invinciblement voués à l'impuissance et à l'incohérence, il y a aussi d'incomparables artistes, d'inimitables ciseleurs de mètres, maîtres vraiment en l'art d'assembler et de faire se baiser au bout des vers des rimes sonores et harmonieuses, de faire rire ou pleurer les mots, d'évoquer en quelques verbes cadencés tout un monde d'images sombres ou colorées, riantes ou tragiques, de faire surgir au milieu du tumulte des métaphores le flot des idées. Mais si on examine de plus près ces mêmes poètes chez qui l'inspiration et le génie sont en quelque sorte intermittents, leur côté faible apparaît avec les tares psychiques ou morales qui les marquent du sceau de la dégénérescence. Forcément, à certaines périodes, aux heures mauvaises, cette infériorité se retrouve dans leurs conceptions, et la chute apparaît d'autant plus grande que le poète tombe de plus haut.

C'est encore ce que j'ai voulu dire.

E. L.

CHAPITRE PREMIER

L'évolution poétique

« Je ne sais qui a dit, je ne sais où, que la littérature et les arts influaient sur les mœurs. Qui que ce soit, c'est indubitablement un grand sot. C'est comme si l'on disait : les petits pois font pousser le printemps. Les petits pois, au contraire, poussent parce que c'est le printemps, et les cerises parce que c'est l'été. Les livres sont les fruits des mœurs. »

Derrière ce paradoxe de Théophile Gauthier se cache une grande part de vérité. Un auteur ne produit pas le livre qu'il veut. Il produit le livre qu'il peut, celui que lui inspirent et sa personnalité et le milieu qui l'entoure. Aussi certaines formes poétiques ne sont que les conséquences d'un état d'âme particulier. Cela ressort très nettement de l'étude de toutes les littératures, depuis leur enfance jusqu'à leur apogée et leur décadence.

Les peuples enfants revivent dans leurs poètes avec toute leur naïveté et quelquefois aussi toute leur brutalité. Les poésies des peuples primitifs sont les plus naturalistes qui existent, mais naturalistes au bon sens, ou mieux au sens exact du mot. On peint les choses et les êtres tels qu'ils sont, sans rechercher avec un besoin, en quelque sorte maladif, les côtés laids et repoussants de la nature.

Puis les mœurs s'épurent, les goûts s'affinent, les sentiments s'ennoblissent. La poésie reçoit immédiatement le contre-coup de cette transformation. Les poètes sortent du réel, grandissent les hommes, embellissent la nature, tout en restant humains. C'est l'âge d'or des littératures et des peuples, ce qu'on est convenu d'appeler les époques classiques.

La race a donné ce qu'elle pouvait donner de mieux ; elle a atteint son apogée ; elle ne va pas tarder à redescendre la pente opposée pour marcher à la stérilité et à l'anéantissement. Après les poètes des grandes époques, nous voyons des poètes qui voguent en pleine chimère, à la poursuite de l'irréalisable et de l'irréel, à la recherche de ce qu'ils appellent l'idéal, un rêve de leur cerveau névrosé. Ce sont déjà des oiseaux qui battent de l'aile. Et bientôt ils désespèrent de trouver ce à quoi ils aspirent, « cette fleur bleue au cœur d'or qui s'épanouit tout emperlée de rosée dans le ciel du printemps, au souffle parfumé des molles rêveries. »

Alors naît le dégoût, une vague désespérance, et, dans la génération suivante, plus étiolée et plus proche de la dégénérescence finale qui guette toutes les races, la décadence s'affirme de plus en plus. La poésie devient névrosée, maladive, malade de l'adorable maladie de l'art, si vous voulez, mais malade.

Aux esprits malades, il faut une nourriture épicée, pimentée, cantharidée, médicamentée. Le vin ne chatouille plus le gosier de l'ivrogne ; il lui faut de l'eau-de-vie ou de l'absinthe. Et les peuples qui vont s'éteindre sont des ivrognes en poésie.

Le poète ne chante plus la vie, la grâce, la beauté. Comment le pourrait-il, puisqu'il est lui-même à l'agonie? Il chante le vice qui le ronge, la maladie qui le meurtrit; il chante la mort et la putréfaction. Il aime l'odeur des charognes sanguinolentes, la vue des ventres livides et suant les poisons. Il n'aime plus la blonde et pure jeune fille qui peuplait les rêves de ses mâles ancêtres; il aime les drôlesses, et leurs vices, et leurs grâces canailles, et leurs caresses meurtrières.

Pourtant cette poésie a encore ses beautés: la beauté de la mort, les grâces de la maladie. Ophélie et Juliette étaient belles jusque dans la mort. Et ces pâles et anémiques jeunes filles au teint exsangue, aux yeux alanguis, ces chlorotiques fiancées que la puberté décolore et rend si fluettes, ne sont-elles pas belles ? On dirait des lis malades, éclos trop vite sous l'œil trop blanc du matin.

C'est dans cette poésie morbide et cependant quelquefois pleine de grâce, que je voudrais faire une excursion, en quelque sorte médicale, pour y retrouver la trace, ou mieux le reflet de ces stigmates de dégénérescence, dont les aliénistes ont marqué au front notre race névrosée et détraquée.

Nous allons voir comment le désordre des nerfs et le déséquilibrement des pensées se traduisent en poésie.

CHAPITRE II

Poésie et névrose

Comme je viens de le dire, de la surexcitation de nos nerfs épuisés est née une sorte de poésie névrosée et aussi toute une pléiade de poètes qu'aujourd'hui on prendrait pour des génies ou pour des dieux et demain pour des fous, tant leurs conceptions sont étranges et inégales.

Du reste, l'un d'eux, M. Martial Besson, s'est chargé de nous expliquer en un sonnet la poétique nouvelle :

A cette fin de siècle en proie à la névrose,
Il faut des pleurs de sang, d'amers éclats de voix,

Le subtil examen de nos cœurs aux abois,
D'étranges vers, heurtés, aux allures de prose.
Or, le poète s'est armé du froid scalpel;
A l'art du disséqueur sombre il a fait appel;
Puis, sur le marbre, il a couché son âme nue.
Et maintenant, aux yeux affolés des passants,
Qu'exaspère l'ardeur d'une soif inconnue,
L'âme crie et se tord dans ses doigts frémissants.

Assurément, c'est quelque chose comme cela. Mais l'âme que le poète dissèque et étale nue aux yeux des passants, c'est sa pauvre âme à lui, sa pauvre âme malade. Et la foule avide regarde ce spectacle malsain, comme on regarde avec curiosité une monstruosité ou une anomalie, une Rosa-Josepha, par exemple.

Ces sortes de poésies sont en effet de véritables déviations de l'âme humaine. C'est, du reste, la définition que Morel donne de la dégénérescence.

Maintenant, comment l'état de déséquilibration du poète se réflète-t-il dans ses vers ?

De différentes manières que je vais essayer d'examiner.

Il va sans dire que je le ferai avec tous les ménagements possibles pour ne pas blesser des susceptibilités peut-être trop promptes à s'éveiller. Les esprits qui souffrent et se débattent dans les tortures d'une impuissance dont ils ne peuvent sortir, sont d'une sensibilité excessive. Chez eux, les émotions retentissent avec une sonorité exagérée, douloureuse même.

Ceci posé, un des premiers caractères d'un esprit taré, c'est l'inégalité. Nous sommes tous plus ou moins inégaux, selon nos moments et selon notre état d'excitabilité et aussi d'activité cérébrales. Tous nous avons des hauts et des bas. Cela tient au moins autant au milieu qui nou entoure qu'à notre tempérament. Une foule de causes intérieures agissent sur notre activité cérébrale, les unes la surexcitant, les autres la diminuant.Pourtant, nous ne descendons pas au-dessous d'un certain degré et nous ne pouvons, par contre, dépasser certains sommets.

Les déséquilibrés vont, au contraire, d'une extrémité à l'autre, presque du génie à l'imbécillité. Leur esprit procède en quelque sorte par chutes et par soubresauts. Aujourd'hui, c'est un aigle au vol audacieux ; il regarde en face le soleil ; il plane. Demain, c'est, dans une chute brusque, le retour au plat terre à terre ; l'aigle n'est plus qu'un oiseau aveugle et sans ailes ; il rase la plaine ; son vol est sans grâce.

Tel est le poète dégénéré, ou décadent, si vous préférez.

Et pour mieux me faire comprendre, je choisis un exemple : Stéphane Mallarmé, un des princes de la cohorte.

Il chante les fleurs, et il débute sur un mode magnifique. Il dit :

Le glaïeul fauve, avec les cygnes au col fin,

Et le divin laurier des âmes exilées,
Vermeil comme le pur orteil du séraphin
Que rougit la pudeur des aurores foulées ;
L'hyacinthe, le myrthe à l'adorable éclair,
Et, pareille à la chair de la femme, la rose
Cruelle, Hérodiade en fleur du jardin clair,
Celle qu'un sang farouche et radieux arrose !

Tout cela est ravissant et dit avec une richesse et une couleur presque inimitables. Il continue, sur un rythme vague et déjà presque obscur :

Et tu fis la blancheur sanglotante des lys,
Qui, roulant sur des mers de soupirs qu'elle effleure,
A travers l'Océan des horizons pâlis,
Monte rêveusement vers la lune qui pleure !

A la rigueur, cela peut se comprendre, et cette poésie rêveuse et indécise conserve encore un certain charme.

A la strophe suivante, il devient obscur et incompréhensible. On dirait qu'on a jeté un voile devant les yeux éblouis du poète. Il ne voit plus, il parle, mais ce ne sont plus que des sons :

Hosannah sur le cistre et dans les encensoirs,
Notre-Dame, hosannah au jardin de nos limbes !
Et finisse l'écho par les célestes soirs,
Extase des regards, stincillement des nimbes !
O mère qui créas, en ton sein juste et fort,
Calices balançant la future fiole,
De grandes fleurs avec la balsamique mor

Pour le poète las que la vie étiole, ce dernier vers n'est-il pas un cri d'impuissance et de désespoir? Le poète las que la vie étiole sent qu'i redescend de son rêve étoilé et que la chimère qu'il croyait avoir saisie va lui échapper, que ce n'est plus qu'un fantôme qui s'efface dans le lointain des brumes.

Cela est dur et triste à dire : j'ai recueilli autrefois à Sainte-Anne des quantités de vers comme ceux-là. Quand je disais au pauvre fou que je ne le comprenais pas, il me répondait simplement :

— Je suis en haut ; vous êtes en bas. Je parle de trop loin ; vous ne pouvez m'entendre.

CHAPITRE III

L'excessivité des contrastes

Nous avons vu que les poètes dégénérés sont inégaux. Je voudrais montrer maintenant qu'ils sont excessifs dans leurs contrastes. Tous les poètes,les vrais poètes, sont plus ou moins mobiles et cèdent facilement à l'enthousiasme ou mieux à l'inspiration du moment. Tendres et rêveurs aujourd'hui, sarcastiques et cruels demain, selon les impressions, ils passent de l'amour à la haine, des pleurs aux rires, quelquefois sans transition. Aujourd'hui le poète maudit :

> Les rois des guerres civiles,
> Rois pillards et méprisés,
> Traînant à travers les villes

Leurs manteaux fleurdelisés,

Et semant par la campagne
Les ruines et les morts,
Que la terreur accompagne
Et que suivent les remords,

Et Louis quatorze en proie
Aux fureurs des Maintenons.
Et Napoléon qui broie
L'Europe sous ses canons

C'est l'impression qui passe. Demain, il espère de nouveau dans les dynasties ; il voit les rois sous un jour plus beau, et il le leur dit :

Rois, soyez rois, soyez ces fiers géants de bronze,
Quittez l'épée et le cimier,
Portez le manteau bleu plein d'abeilles joyeuses
Et la main de justice, ô rois !
Les nuages fuiront et les chansons rieuses
Chasseront les pesants effrois,
Et l'homme qui n'a pas de longs printemps à vivre
Et vous qui mourrez comme lui,
Vous goûterez la joie où la fleur d'or s'enivre,
Quand le soleil au bois a lui.

M. A. Pauly, à qui j'emprunte ces vers si pleins et si sonores, n'est pas un décadent. Pourtant, il cède volontiers à l'inspiration et touche, selon les heures, toutes les cordes de la lyre, change les rythmes et les modes. Mais il ne passe point brusquement, dans le même instant, dans le même sonnet, d'un extrême à l'autre. Son œuvre constitue malgré tout un ensemble harmonieux où l'on sent toujours vibrer la même âme, mais variable seulement selon les impressions qu'elle reflète.

Chez les décadents, il y a excessivité dans les contrastes. On dirait que le poète se dédouble ou au moins se métamorphose et qu'il vit une autre vie, avec des impressions, des sentiments tout différents.

Je ne saurais choisir un meilleur exemple que le volume — remarquable toutefois, — de Paul Verlaine : *Parallèlement.*

Le poète exalte d'abord le sentiment religieux, il se plonge dans un mysticisme très délicat et très vague ; un peu plus loin, il fait appel à un sensualisme qui touche au sadisme ou mieux à la folie. Il célèbre les amours anormales, perverses, les embarquements pour Sodome ou Lesbos ; il chante la gloire monstrueuse de Sapho et des « femmes damnées ». *Homo duplex* !

Le même poète qui hier se noyait dans les blandices d'un vague et mystique amour, le dévôt qui exaltait l'esprit, venge demain la chair rebelle ; il magnifie les vices, ou mieux ses vices, leur adresse des hymmes orgueilleux. « Hier, dit un de ses admirateurs, M. Bunant, il édifia *Sagesse*, un superbe cantique de foi et d'amour en Dieu, d'aspirations mystiques, planant à pleines ailes blanches dans le plein bleu du ciel; aujourd'hui, il lance les cris de sa chair en rébellion, dans un livre tout bouillonnant de l'écume des désirs et des plaisirs. Ainsi, aux façades de nos cathédrales, des gargouilles obscènes, de posture immonde, grimaçantes et convulsées de volupté bestiale, coudoient les saints et les saintes en de rigides attitudes, aux longues mains jointes, tendues vers le ciel ».

On pourrait facilement retrouver chez un autre poète de talent, M. Laurent Tailhade, cette même excessivité des contrastes.

Ecoutez cet hymne à la vierge:

Empérière au bleu pennon,
Sur le cistre et le tympanon,
Les cieux exaltent ton renom.

Toi de Jessé, royal provin,
Pain mystique, pain sans levain,
Font scellé de l'amour divin.

Toison de Gédéon ! Cristal
Dont le soleil oriental
N'adombre pas le feu natal.

Ave gratia ! Que ta main
Cueille, pour l'ineffable hymen,
Les lis nouveaux du bon chemin.

Et il termine par une sorte de vœu d'adoration:

Pour vous, mes chants, matins et soirs,

Dans la nef aux mornes voussoirs,
Balanceront des encensoirs.

Ailleurs il chante :

Les martyrs en surplis d'écarlate, les sœurs
Marthe et Marie aux pieds du maître qui s'incline,
Et le vol blanc des séraphins intercesseurs,

Bernard dans les vallons, Benoît sur la colline,
Les Sybilles qu'Arnaud de Moles attesta
Près du roi Christ féru du coup de javeline.

Et plus haut, en plein ciel, un chœur d'enfants porte à
Notre-Dame, sur le vélin des banderolles,
Ces mots d'amour : *Ave, felix cœli porta !*

Ne croirait-t-on pas entendre un moine voué au culte de la vierge et épris mystiquement de l'Immaculée !

Tout à coup M. Tailhade se transforme. Il dépouille le vieil homme et devient réaliste. Dans ses *Quatorzains d'été* il chante en termes sans apprêts, le troisième sexe, l'hydrothérapie ou

Madame Dindona, dont la croupe est pareille
Au dos de l'éléphant sacré de Bénarès.

Ame sans consistance, débile et légère, volonté défaillante, le dégénéré ne sait où jeter l'ancre ; il erre à l'aventure de ses bonnes ou de ses mauvaises pensées, incapable de résister à ses propres entraînements. Il n'y a plus chez lui l'équilibre régulier et indispensable au bon fonctionnement de la vie et de la pensée. C'est la défaite de la volonté par l'impression du moment ou mieux par l'impulsion ; c'est le règne des caprices. Tout frein régulateur ou modérateur a disparu. Cela est évident et ressort nettement des écrits des décadents, esprits désemparés, âmes sans gouvernail qui chevauchent à l'aventure, aujourd'hui dans un idéal invraisemblable, demain dans la boue.

CHAPITRE IV

L'excessivité des images et l'incohérence des idées.

Prenons un poète bien équilibré ou, si vous aimez mieux, pas trop déséquilibré : ses vers se suivent, bons, mauvais ou médiocres, sans de trop grands écarts, de trop grands heurts. On peut le suivre sans peine, et ses images les plus hardies sont toujours le reflet d'une pensée ou d'un sentiment.

M. Paul Nagour essaie de rendre la beauté des nuits d'Egypte. Son vers est plein d'images. Il dit :

Le ciel était paré de toutes ses étoiles.

2

Riche écrin de joyaux serti par Anubis.
A l'horizon passaient, légers comme des toiles,
De longs cirrus pareils à des ailes d'ibis.

Au front d'azur d'Athor, déesse de la nue,
La nuit avait posé son voile ténébreux,
Parure en ses cheveux d'ébène retenue
Par le croissant d'argent aux reflets vaporeux.

Et ailleurs :

Les constellations naissent, éblouissantes,
Semant les prés du ciel de fleurs incandescentes.

Le poète reste compréhensible, malgré les hauteurs où il s'est élevé. Il n'a pas perdu pied et reste en contact avec le monde réel.

M. Laurent Tailhade a des images aussi hardies qu'heureuses :

La lune qui descend le long des promenoirs,
Sur les blancs escaliers traîne ses mules blanches
Et ses rayons furtifs palpitent dans les branches
Comme des séquins d'or parmi des cheveux noirs.

M. Versini dit également avec assez de bonheur :

Nous verrons sous nos pieds, parmi les plaines viles,
S'ouvrir, calices noirs, les orgueilleuses villes,
Et comme des esprits perdus dans la nuit brune
Sur les bleus océans glisser de vagues toiles;
Pour les offrir en route à notre sœur la lune
Au zénith nous ferons de blancs bouquets d'étoiles.

Les vers qui suivent de M. A. Delaroche sont audacieux, mais ils sont encore compréhensibles :

Parmi les fleurs du blanc matin,
tu t'es assise au bord du chemin ;
tu t'es assise parmi les roses,
aux feux mouvants des apothéoses.

Tandis qu'à l'horizon, peuplé d'or et de sang,
l'Attendu, salué des aurores ravies,
pressait, au verger clair, les grappes de la vie.

Mais on y sent trop la recherche et l'apprêt ; l'idée est déjà sacrifiée au cliquetis des mots et des rimes ; un pas de plus et nous arrivons à l'incohérence de M. C. Mauclair :

Le silence futur stagne sur les iris
Qu'invitaient les cils à des ombres d'eau morte,
Et l'or astral pleurant la psyché qu'on emporte
S'épanouit en grands calices assombris.

Voilà que sont défunts les vivants luminaires
Où l'occulte hosannah ressuscitait les vœux,
Et sous le miel ambré des virginaux cheveux
La lueur déserta l'ogive des paupières.

Vitrail où les désirs nimbés en séraphins
Fleurissaient le triomphe ailé de leurs extases
Avant de dédier aux pâles hypostases
L'enténébrement doux de leurs fronts purs et fins,

Lac où dans le saphir d'un émail trop profane

Les chimères de joie érigeant leur frontal
Tordaient pour un Thésée au casque de cristal
Leurs griffes d'émeraude aux pieds d'une Ariane.

L'aliéné, en proie au délire, est assailli par une multitude d'idées qui se heurtent et se confondent dans son cerveau, sans suite et sans liaison; quand il veut les exprimer par le verbe ou par des signes, ce n'est plus qu'incohérence. On ne le comprend pas.

Il commence à exprimer une idée, immédiatement une autre accourt et lui fait oublier la première dont il laisse l'expression inachevée pour poursuivre l'expression de la seconde, qu'à son tour il abandonne pour une troisième. C'est le désordre et la confusion des idées. Le cerveau ne sait plus discerner, faire son choix. Et cette confusion se retrouve dans les manifestations extérieures de l'idée : paroles et écrits.

En vérité, est-ce qu'il n'y a pas quelque chose de cela dans les poésies des dégénérés, et particulièrement dans les poésies des décadents ? Ce sont de véritables manifestations délirantes, aussi confuses et aussi étranges que celles des aliénés les plus caractérisés.

Il arrive en effet un moment où les idées et les images se heurtent avec une telle incohérence, se succèdent avec une telle rapidité dans le cerveau malade, que leur expression devient incohérente comme elles et absolument inintelligible.

Voici un sonnet de M. Réné Ghil, un décadent de la bonne école. Le diable m'emporte si vous arrivez à comprendrez l'idée qu'il a voulu exprimer, si toutefois il a voulu en exprimer une.

Oyez plutôt cette pure quintessence de décadentisme :

Mais leurs ventres, éclat de la nuit des tonnerres,
Désuétude d'un grand heurt des préaux cieux,
Une aurore perdant le sens des chants hymnaires,
Attire en souriant la vanité des yeux.
Oh ! l'épave profond d'ors extraordinaires
S'est apaisé léger en ondoiements soyeux,
Et ton vain charme humain dit que tu dégénères,
Antiquité du sein où s'apure le mieux !
Et par le voile, aux plis trop onduleux, ces femmes,
Amoureuses du seul semblant d'épithalames,
Vont irradier loin d'un soleil tentateur,
Pour n'avoir pas songé, vers de hauts soirs de glaives,
Que de leurs flancs pourrait naître le Rédempteur
Qui doit sortir des temps inconnus de nos rêves.

Et ceci n'est point une exception. Voici un autre sonnet de M. Armand Mundel, qui n'est pas moins remarquable par son obscurité.

Oyez encore :

Rouler de l'angoisse expectante,
Nous, les trémières fers broyés,
Et par l'armoise ankylosés
Dévalons de l'encre latente.

Ceints de l'idéal qui nous tente,

Subodorons les alizés,
Aux glas engluants, aux baisers
Argyraspides sous la tente.

Saouls d'espace et d'aberratif,
En proie, anges souvent rétifs,
Immobilise les pensées.

Nutrition finie. Enfants
Issus des immortelles gynécées
Par des entonnoirs d'oliphants!

En vérité, qu'est-ce qu'a bien voulu dire ce monsieur qui immobilise ses pensées en se comparant à des anges souvent rétifs? Il l'avoue lui-même, il est saoûl d'espace et d'aberratif, — d'aberratif surtout. Il sent que son esprit erre à l'aventure, qu'il marche en pleine folie. C'est de la verbigération pure.

Si ce sonnet était une charade ou une fumisterie d'écrivain, ce serait à se tordre de rire. Mais si, malheureusement, comme je le crois, cela est l'expression sincère et juste d'une âme tourmentée, il n'y a plus de quoi rire. On ne rit jamais d'un fou, quelque étranges et drolatiques que soient ses conceptions.

Il en est de même de la poésie suivante qui est signée: Sinocim.

Cor d'ivoire, aussi d'argent sincère,
Le verbe clamé du cor de cristal,

Loin du vain troupeau jumeau des misères,
Chasse, force et perce au vaisseau fatal
Le vautour repu las du poids des serres.

Cygne osé, cygne enchanté de gloire,
Le blanc chevalier du cygne ingénu
Apporte du Mont, geste absolutoire,
Le glaive angélique, un fer chaste et nu,
Baptisé croisé vers les Purgatoires.

Foi d'essai, foi d'œuvre tentatrice,
L'antique Psyché, de foi pauvre, Elsa,
Flétrit d'un soupçon l'âpre cicatrice
Qui d'un rite humain surgit, et dressa
Un rêve idéal à des Béatrices.

Le même poète parle encore du

Fané lys honni des effluves d'extases.

Un des plus incorrigibles cacographes, est M. Max Elskamp. De son livre : *Salutations, dont d'Angéliques*, j'extrais cette purée versiculée :

Mais geai qui paon se rêve aux plumes,
Haut, ces tours sont-ce mes juchoirs ?
D'étés de Pâques aux fleurs noires
Il me souvient en loins posthumes,
Je suis un pauvre oiseau des îles.

Pauvre oiseau en effet qui ferait bien mieux de ne pas chanter.

CHAPITRE V

La coloration des mots

Je sais bien que les décadents ont pour expliquer leur obscurité une théorie merveilleuse: leurs vers ne paraissent obscurs qu'à ceux qui ne savent pas les comprendre, faute d'être initiés aux mystères de la poésie décadente qui est, paraît-il, en même temps un art et une science fort difficiles. Selon eux, les mots ont des couleurs, et leur théorie est née de ces vers de Baudelaire:

Les parfums, les couleurs et les sons se répondent.
Il est des parfums frais comme des chairs d'enfants,
Doux comme le hautbois, verts comme les prairies ;
Et d'autres, corrompus, riches et triomphants,
Ayant l'expression des choses infinies,
Comme l'ambre, le musc, le benjoin et l'encens,

Qui chantent les transports de l'esprit et des sens.

Qui ne connaît pas la couleur des mots ne peut comprendre la poésie décadente.

C'est ce que Adoré Floupette explique à son ami Tapora, pharmacien : « Les mots ne peignent pas, ils sont la peinture elle-même. Autant de mots, autant de couleurs; il y en a de verts, de jaunes et de rouges comme les bocaux de ton officine; il y en a d'une teinte dont vivent les séraphins et que les pharmaciens ne soupçonnent pas. Quand tu prononces: renoncule, n'as-tu pas dans l'âme toute la douceur attendrie des crépuscules d'automne ? On dit: un cigare brun. Quelle absurdité ! Comme si ce n'était pas l'incarnation même de la blondeur que le cigare! Campanule est rose, d'un rose ingénu; triomphe, d'un pourpre de sang; adolescence, bleu pâle; miséricorde, bleu foncé».

M. Réné Ghil, dans son *Traité du verbe*, dit: « Que surgissent maintenant les couleurs des voyelles, sonnant le mystère primordial. Colorées ainsi se prouvent à mon regard exempt d'antérieur aveuglement les cinq :

A noir, *E* blanc, *I* bleu, *O* rouge, *U* jaune, dans la très calme beauté des cinq durables lieux s'épanouissant le monde au soleil; mais l'*A*, étrange qui s'étouffe des quatre autres la propre gloire, pour ce qu'étant le désert, il implique toutes les présences. »

Comme vous voyez, c'est très clair. Aussi maintenant voici empruntée, aux *Vers de couleur* de M. Noël Laumo, une symphonie florale des plus symboliques :

Orchis ineffeuillé, hyacinthe purulente,
Gamme jaune sur le vert, d'orange diézé,
Squelette de fakir par Djaggernauth baisé,
Ophis perlant dans l'ombre une trille hululante,
Cyclamen querelleur nimbé d'un rêve clair,
Recueillement poudré du pic et de l'éclair,
Ciel morent aigretté d'une estompe de mauve,
Remenbrances d'un cœur qui sait l'idéal jaune !

Certes, j'en connais des gens qui voient tout en jaune, et je souhaite que l'auteur, malgré la couleur de son idéal, ne voie pas de cette façon. Cela dit, je gagerais que, malgré les explications précédentes, vous n'y ayez rien compris. Eh bien ! ni moi non plus.

Du reste, cette théorie des mots colorés n'est pas précisément neuve et nullement de l'invention des poëtes décadents. Il y a longtemps que les neuropathologistes ont signalé l'audition colorée, symptôme relativement fréquent d'affections cérébrales ou auriculaires graves. (1)

---

(1) M. d'Abendo, de Catane, vient précisément d'ouvrir une enquête sur l'audition colorée (*Revista clinica et terapeutica,* Octobre 1896). Il rap-

Tenez, pour vous éclairer sur la valeur de cette théorie des mots colorés, je vais pêcher au hasard dans un volumineux recueil d'écrits qui m'ont été donnés par des aliénés.

Voici d'abord le début d'une lettre qui m'a

---

porte un certain nombre de faits et un, entre autres, fort curieux.

Il s'agit d'un peintre âgé de 28 ans. Dans la famille de ce peintre il n'y a que des névropathes Dès son enfance, il a montré beaucoup de prédilection pour la peinture. Intelligent, il montra de bonne heure un caractère violent et inquiet qui s'accentua de plus en plus avec les années A 18 ans, n'ayant pas obtenu d'un oncle des subsides pour étudier la peinture, il voulut attenter aux jours de celui-ci. Il s'est engagé et pendant son séjour au régiment il a gardé une attitude irréprochable. Rentré du régiment, il devint mélancolique à force de penser à son idée de devenir peintre. Pendant trois ans, il essaya toutes sortes de métiers. Enfin, à l'âge de 24 ans, il put se livrer à son étude préférée ; il travailla d'abord avec tant d'ardeur qu'il obtint un second prix. Il a des périodes de 15, 20 et 30 jours de paresse et ensuite des accès d'activité fébrile Son caractère est toujours impulsif, violent, misanthrope. Il y a quelques années, il a eu des idées de persécution pendant quelques mois. Physiquement il ne présente aucun stigmate de dégénérescence. Il affirme que depuis son enfance il s'est aperçu du phénomène de l'audition colorée, mais qu'il n'y a attribué aucune importance. Il croyait que ce phénomène était naturel et normal. Certaines couleurs lui causaient un état émotif, d'autres évoquaient chez lui des gradations de tonalité musicale. Le jaune pâle, par exemple, exprime une note élevée qui, comme il dit, lui va au cœur.

été adressée par un pauvre diable atteint de débilité mentale avec dépression mélancolique.

« Messieurs les docteurs aliénistes,

« Le prétexte dont s'est servi jusqu'à ce jour l'inhumain clergé (pédéraste pour les trois quarts d'entre eux) d'infliger par les douches et tabliers, et camisole de force, une mortification tant chez l'homme que chez la femme surtout, pour maintenir une hérésie surtout, celle des hosties représentant un DIEU tant prôné qu'aujourd'hui tout le monde le craint, et personne ne peut le définir que d'une manière très imparfaite et sous

---

Le violet représente la plus haute note de la gamme. Le vert est une note haute, mais selon lui « insensible ». Le blanc représente un son du milieu de la gamme, le noir une note grave, le rouge le son le plus creux qu'il existe.

Les voyelles se présentent chez lui colorées et de la manière suivante : A est blanc; E est jaune; I est rouge; O est noir; U est terre cuite; AI est blanc veiné de rouge; AE est blanc et jaune séparés; OU est terre noire de Sienne; EI est jaune veiné de rouge; AU est blanc sale.

Les consonnes n'ont pas de coloration spéciale. Chaque mot réveille l'association des couleurs des voyelles; par exemple, le mot *pane* (pain) se présente blanc-jaune; le mot *vino* (vin) rouge-noir.

Le malade affirme qu'au concert et au théâtre il a devant lui sans cesse des associations chromatiques. Il ne connaît pas la musique. Les sensations olfactive, gustative, visuelle, etc. ne déterminent aucun phénomène d'audition colorée. Son sens spécifique est normal, son sens chromatique excellent.

l'impression de violentes passions, surexcitées sys *TÉ*-ma-*TI*-quement par les capitalistes : possédant des *fonds de roulement*, pour l'établissement de maisons qui font en tant de *commerce à petits bénéfices,* doivent pourtant sauvegarder la *morale publique* et la VÉRITÉ, deux éléments indispensables à l'existence autant que le *boire* et le *manger* hygiéniques : condition *sine quâ non* du prestige de la médecine dans un pays rival des puissances voisines, l'objet de toutes les convoitises à cause de ses riches produits en céréales et alcools, moins en combustibles et en métaux à cause de la paresse acariâtre de ses fanatiques habitants excusés seulement par les augmentations de chaleur du soleil et des inventions de chauffage à l'intérieur des établissements. »

Voyons, est-ce que cela ne vaut pas la prose de M. Poictevin, de M. Léo d'Arkaï ou de M. Louis-Pilate de Brinn'Gaubast?

Voici maintenant de la poésie ou du moins quelque chose qui a la prétention d'être des vers :

Des misères ne la vie
J'ai cherché
D'émanciper
Les chances de l'avenir,
Augmenter
Les baisers
De mes beaux jours.

J'ai essayé les charmes

Du passé,
L'honneur des grands,
Le souvenir de l'éternité
L'accomplissement
De mes dévouements,
Le châtiment
Des calices célestes,
La honte des enfers,
Enseveli dans l'ombre
De mes bienfaits.

Aujourd'hui
Me voilà grandi
Des honneurs de l'espérance.
Je raviverai la honte
Du passé
Au grand scandale
De l'avenir.

Voilà de la poésie qui s'affranchit carrément des rythmes et des lois.

On peut dire que ces prétendus vers sont coulés dans des moules nouveaux et très réalistement vrais, d'autant mieux que celui qui les a composés n'a jamais connu la prosodie. C'était un pauvre jardinier, très ignorant et très simple, qui se figura tout à coup qu'il était frère de Jésus-Christ et, par suite, appelé à prêcher un nouvel Évangile. Dans ses moments d'exaltation, il composait ces sortes de poésies décousues et qui, au point de vue de l'expression des idées principalement, offrent, comme on voit, de grandes analogies avec les productions des décadents.

CHAPITRE VI

Les verbes nouveaux

L'aliéné, qui se débat dans l'impuissante nuit de son délire, cherche l'étrange, croyant ainsi nous offrir du nouveau. Il crée des verbes nouveaux, trouvant ceux qui ont cours surannés et incapables de rendre sa pensée. Et sous ces falbalas, sous ce clinquant de mauvais aloi, il cache le vide de sa pensée et de son cœur. Il croit ainsi tromper nos yeux, alors qu'il se trompe et se séduit lui-même.

Il y a de cela, beaucoup de cela chez les décadents. Ils veulent nous éblouir par l'étrangeté ou la magnificence du verbe. Ils habillent le néant ou le décousu de leurs conceptions de brillants oripeaux de pourpre, ils cuisinent des hachis de mots. *Verba et verba.*

Et puis les mots courants ne leur suffisent pas. Ils en forgent de nouveaux, en exhument de vieux de l'oubli. Comme si notre langue n'était pas assez belle et assez riche pour l'expression de nos pensées !

Je sais bien que les langues varient ; Horace l'a dit, il y a fort longtemps. Les mots étant le vêtement des idées, ils doivent forcément changer au fur et à mesure que celles-ci se métamorphosent. Les mots naissent, vivent et meurent comme nous. Leur fortune est pareille à la nôtre. Ils ont leur jeunesse et leur virilité, leur âge mûr et leur décrépitude. Quand l'heure est venue, ils disparaissent de l'idiome dont ils faisaient partie, comme les feuilles mortes se détachent des arbres aux approches de l'hiver,

Ut sylvæ foliis pronos mutantur in annos,
Prima cadunt, ita verborum vetus interit ætas.

Mais les langues s'en iraient ainsi feuille à feuille, si la même puissance qui détruit certains mots et les efface du vocabulaire, n'en relevait et n'en faisait d'autres pour remplacer les premiers et suffire aux exigences du langage :

Et juvenum ritu florent modo nata vigentque.

Si Plaute usait de termes que le stylet dédaigneux d'Horace se refusait à écrire, l'ami de Mécène, à son tour, en prononçait que n'avaient point entendu les vieux Cethegus, et de la paille du fumier d'Ennius naissaient les fleurs de Virgile. C'est là une loi qui préside au développement et à la transformation de tous les idiomes.

Mais il y a, pour l'introduction des mots nouveaux dans une langue, une juste mesure à observer. On ne peut les accueillir que s'ils sont vraiment indispensables et correspondent à une idée non exprimée ou mal exprimée jusque-là.

En pareille matière, l'écrivain le plus autorisé, l'auteur le plus divin, comme dirait Boileau, est obligé d'attendre le jugement de la foule et de se soumettre aux caprices de l'usage. S'il hasarde une expression neuve, s'il tente de remettre en honneur une expression inusitée, il ne peut promettre fortune au nouveau-né qu'avec les plus humbles restrictions,

si volet usus
Quem pene est arbitrium et jus et norma loquendi.

Cette tendance de la poétique décadente à s'empouler de verbes ronflants, de mots nouveaux, se fait sentir dans presque toutes les écoles.

Voici un extrait de la poésie de M. E. Michelet : *Le Héros*, que je considère comme un pur chef-d'œuvre. Déjà cette tendance se fait jour.

Il surgira du cœur de l'imanent mystère,
Parmi le soir pensif ou le matin léger.
Ses beaux pieds marcheront sur le sol de la terre
D'un pas calme de surnaturel étranger.
Il naîtra : Je l'attends. Dans les ondes énormes
Où la lumière astrale pour l'éternité
Roule tous les reflets tourbillonnants des formes,
J'ai vu l'image aurorale de sa beauté.
Il est éblouissant de jeunesse et de force.
Il a parlé peut-être avec les dieux. Les vents
Sont enivrés de boire, à la chair de son torse,
Le parfums des lilas et des âmes d'enfants.
Il a la grâce d'un navire à toutes voiles,
Où des oiseaux perdus trouvèrent un appui.
Ses yeux sont radieux d'avoir vu les étoiles
Et sombres d'avoir vu les hommes d'aujourd'hui.

....

S'il passe parmi nous, les foules égoïstes
Sentent un souffle étrange en leurs sens maîtrisés.
Les hommes sont pensifs ; les femmes, un peu tristes,
Songent à la douceur d'impossibles baisers.

Cette sorte d'archaïsme est très nettement caractérisé chez M. Laurent Tailhade qui en abuse. Il parle quelque part de :

L'orgue éployant le vol clair des antiphonaires.

Même tendance dans l'*Idole* de M. Stuart Merril. Lisez :

Roide en la chape d'or qui lui moule le torse,
L'Idole dont les doigts coruscants de rubis
S'incrustent sur le sceptre et le globe de force,

Trône en les bleus hâlos de tonnerres subits.

Sur sa rouge toison s'étale la tiare,
Entre ses seins fulgure un stigmate d'enfer,
Et sous ses pieds, tandis que sonne la cithare,
Saigne un cœur transpercé de sept glaives de fer.

M. Jean Moréas aime aussi à ressusciter les mots oubliés, les verbes sonores un peu empanachés de grec et de latin, et les enchâsse volontiers dans ses vers. Mais il semble surtout rechercher les alliances de mots rares ou hardies, les images neuves et inattendues. Ainsi il dit :

Que l'on jette ces lys, ces roses éclatantes,
Que l'on fasse cesser les flûtes et les chants
Qui viennent raviver les luxures flottantes
A l'horizon vermeil de mes désirs couchants.

Cette dernière figure est déjà vague et outrée. On a grand peine a saisir celle-ci :

Les pâles filles de l'argile
S'en vont hurlant par les chemins,
Et dans un transport inutile
Sur leurs seins nus crispent leurs mains.

Lèvre vaine de ses carmins,
Orgueil de la hanche nubile :
Senteur fugace de jasmins.
O cette extase puérile !

Loin de s'arrêter, le poète semble envelopper

ses vers d'obscurité comme à plaisir, il hypertrophie ses métaphores, outre ses images. Le voilà au seuil de l'incohérence.

La Détresse dit : Ce sont des songes anciens,
Des songes vains, les danses et les musiciens.
La tête du roi ricane du haut d'une pique ;
Les étendards fuient dans la nuit, et c'est la panique.

La Décrépitude dit : Etes-vous fous vraiment,
Vraiment, êtes-vous fous d'avoir encore cette pose,
D'avoir encore sur les dents ce sourire charmant,
Ce sourire devant le miroir, et cette rose
Dans votre perruque, ah ! vraiment quelle est cette pose!

Le Temps dit : Je suis le temps, un et simultané,
Et je stagne en ayant l'air de celui qui s'envole ;
Mirage funeste et kaléïdoscope frivole,
Je vous leurre avec l'heure qui n'a jamais sonné.

Alors Maya, Mayâ l'astucieuse et la belle,
Pose ses doigts doux sur notre front qui se rebelle
Et câline susurre : Espérez toujours, c'est pour
Votre sacre que vont gronder les cymbales vierges,
Et vous aurez l'or et la pourpre de Bedjapour,
Esclaves dont le sang teint les cordes et les verges.

Voilà qui est déjà bien obscur. Les vers suivants sont absolument incompréhensibles. C'est du pur galimatias.

Æmilius, l'arbre laisse la verte
Couleur, et le lustre efface

Des roses, dessus leur face;
Et pour les rossignols, dans leurs hautes demeures,
Amour ne file plus les cœurs ;
Et de son vol, pour rien, bat le gel des fontaines
L'oiseau, qui Jupiter muant en forme vaine
D'Ilion douloureuse engendra le brandon.

Les aliénés qui se mêlent d'écrire — et il y en a beaucoup — procèdent un peu de la même façon. On dirait qu'ils veulent cacher la pauvreté du fonds sous l'éblouissement de la forme. Il y eut pendant longtemps, dans les asiles de la Seine, un ancien prêtre qui déclarait être Pie X et se vantait d'être le plus grand chimiste de mots du siècle. Voici le début de ce qu'il appelait la :

CONSTITUTION NOUVELLE TRANSFIGURÉE
DE PIE X

« Prospérité, liberté, pérégalité!

« O Jubileur entiaré ! Sacripant bismarkisard ! Arbitre vaticaniche à morsures pasthorifiques ! ! ! Ecoute le chant du cygne de ton impavide Redresseur, ton dompté Dompteur, o lion gallophobe ! antéchrist Léon treizième du nom.

« Autre Sanson, nouveau Lamennais, le bon, le meilleur, l'excellent et surexcellent même...D'autant plus que j'ai, moi — Dieu merci — plus de *séquestrations* à mon actif que de SPOLIATIONS à mon passif.

« Devenu présentement un vivant MACHABÉ, devant être bientôt enfoui sans honneurs dans la fosse commune de leur Champ de Navets, à l'état d'infects autant qu'informes débris humains, travaillés par les carabins d'une école quelconque...

« Devenu, dis-je, — depuis vingt-deux ans, à les en croire ces Lasègue et ces Magnan, de leur propre aveu : l'*Incarnation* la plus formidable de la Révolution et la *Personnification* la plus redoutable, — il paraît bien — de la *Révélation*.

« Laissant, non pas dédaigneusement, mais bien avec une très grande compassion, aux penseurs de premier ordre qui sont disséminés sur le globe et groupés dans les capitales, la tâche glorieuse, le plaisir sans pareil et le mérite sans égal de relever, de mettre en lumière les considérations transcendantes, à signaler, à produire, à soutenir, à faire valoir, au sujet, en faveur, à l'appui de mon INDUCTION INITIALE, et de toutes mes déductions subséquentes. »

Cela pourrait tout aussi bien s'éditer chez Vanier que la prose de M. Poictvin.

Alors laissez-moi vous citer encore le *Dictamen-postulat-inductif-résumateur de Pie X.*

SINITE PARVULOS AD ME VENIRE

RÉVÉLATION

MAXIMA PARVULIS DEBETUR REVERENTIA

RÉVOLUTION

« L'être humain, — quelqu'en soit le sexe — dorénavant — sous le régime de la républicaine et démocratique pérégalité — devra ne jamais atteindre l'âge de la puberté qui l'asservit régulièrement, universellement à l'instinct, au désir, au besoin de se reproduire à tout prix, au péril de la vie, — sans qu'il n'ait tout salutairement, par son incorporation intime définitive à la nation... à la Société de laquelle il émane et qui le réclame, reçu la vertu, la force, la mission de coopérer égalitairement et de contribuer émulatoirement — par l'accomplissement solennel de son devoir suréminent et par l'exercice réglementaire de son droit transcendant, c'est-à-dire *absolument inamissible*, — à la Constitution légitime des pouvoirs organiques administrateurs, que de concert et concurremment, — sous le contrôle d'un chacun et la surveillance vigilante et sévère de tous, président hiérarchiquement aux sortielles évolutions, — évolutions toujours méritoires, fécondes et progressivement fructueuses, — de son personnel destin ».

Comme comparaison, voici la disposition du titre de « l'œuvre » de M. René Ghil.

de

Œuvre :

René Ghil

EN

MÉTHODE A L'ŒUVRE

1891

Voici maintenant les titres complets de son œuvre, dressés par lui-même.

De René Ghil

En méthode à l'œuvre : Sous ce titre « ne varietur », édition nouvelle et revue du livre provisoirement dénommé: *Traité du Verbe*, — paru complet (in-4° avec portrait) en 1888.

Œuvre :

I

Dire du mieux

I. Le meilleur devenir. — II. Le geste ingénu (les deux, en un vol. 1889). — III. La preuve égoïste (en un vol. 1890).— IV. Le vœu de vivre. — V. Le vouloir altruiste.

II

Dire du devoir

I. Le millier. — II. Les génitures. — III. La neuve évolution. — IV. Le monde mortel. — V. Le devenir.

III

Dire de la loi

I. La Loi

On pourrait croire qu'il s'agit là d'une œuvre immense, colossale. Or, le volume dit : *En méthode à l'œuvre*, remplirait à peine les deux colonnes d'un article de journal. Je sais bien qu'un bon sonnet vaut quelquefois mieux qu'un long poëme. Malheureusement ce n'est pas le cas ici. Je fais grâce aux lecteurs de ce galimatias incohérent d'où il est impossible de dégager une idée. Voici toutefois la dédicace.

A

Me René Ghil :

Attestant que ton nom de souffle, ô Épouse à
lancer de tes mains de repos mes songes, là
instamment est ! perpétuel d'être mon souffle :
Comme porteuse au plus futur d'heur et d'amour
et de serment, va vers demain l'Œuvre d'espoir.

Voilà qui en dit en effet plus qu'un long poëme

sur l'état psychique de l'auteur. Ajoutez que chaque volume est illustré de son portrait, car il juge indispensable de transmettre sa précieuse image à la postérité. Enfin, au lieu d'être au commencement, la préface est à la fin et devient ainsi une postface. Cela ne manque pas d'originalité, comme vous voyez. Mais cela ressemble terriblement, comme conception et comme disposition, à la *Constitution nouvelle transfigurée* de Pie X.

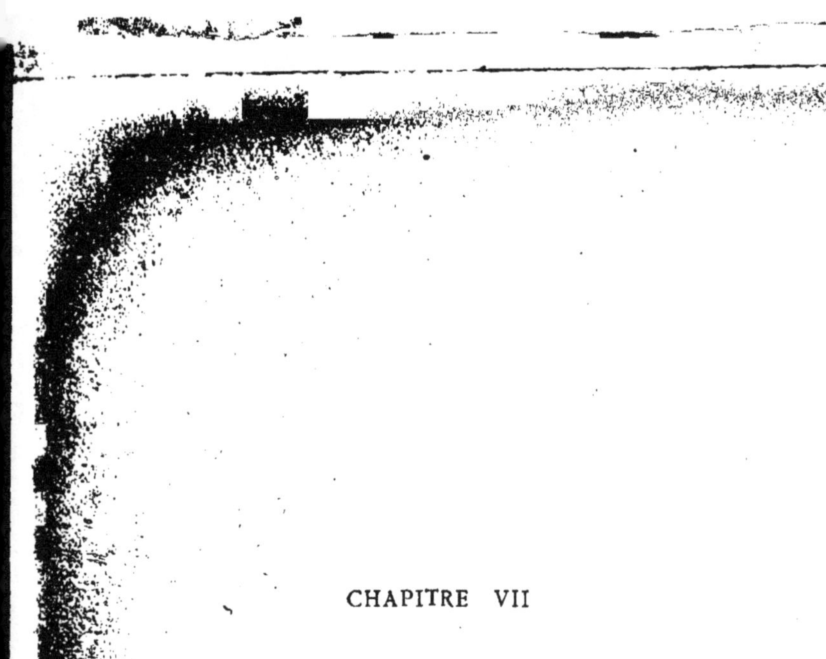

CHAPITRE VII

L'étrangeté et l'incohérence

Nous avons déjà trouvé plusieurs points de ressemblance entre les écrits des aliénés et les poésies des décadents. Nous n'aurons pas de peine à en trouver d'autres.

Avez-vous remarqué combien souvent les poètes décadents intercalent des mots en italiques et des majuscules au milieu de leurs vers ? Vous cherchez inutilement pourquoi tel mot ou telle lettre sont ainsi mis en évidence et vous n'arrivez pas à comprendre l'intention du poète.

Prenez un mémoire quelconque rédigé par un aliéné, particulièrement par un dégénéré ou un individu atteint de délire chronique à évolution systématique : vous verrez qu'il foisonne de mots soulignés, de mots en italique, de mots en majuscules énormes. Et pourquoi ? Vous n'arrivez pas à vous en rendre compte. Si vous interrogez l'auteur, il hausse les épaules en vous traitant d'imbécile, ou bien il vous répond simplement :

— Il faut que cela soit ainsi.

— Mais pourquoi tel mot souligné plutôt que tel autre ?

— Il le faut. L'esprit qui m'inspire seul le sait.

Et vous n'arriverez pas à en tirer autre chose.

Si on veut bien se reporter aux citations que j'ai faites précédemment, on verra combien ce fait est fréquent, aussi bien chez les décadents que chez les aliénés.

Ce n'est point tout encore. Les décadents aiment à entremêler leurs phrases, à les entrechoquer comme leurs idées. Ils recherchent les inversions hardies qui renversent le sens des choses exprimées. On ne peut plus les suivre dans leurs hyperboles et leurs métaphores, tant elles s'éloignent de l'idée qu'ils ont voulu rendre. On dirait un coup d'aile qui les enlève en pleine poésie, alors que ce n'est qu'un éblouissement sans vision nette, sans envolée large sur l'aile de l'idée.

Tous ces mêmes caractères vous les retrouverez dans les écrits des aliénés : même enchevêtrement et même bouleversement des phrases, mêmes hyperboles incompréhensibles.

Voici une dernière citation empruntée au fameux mémoire de Pie X dont j'ai déjà parlé. C'est une sorte de préambule dans lequel il m'explique pourquoi il s'est déterminé à entreprendre cette œuvre.

« Vous n'ignorez pas, sans doute, que Jean-Jacques-Rousseau n'a pas remanié moins de *trente-deux* fois de fond en comble la *profession de foi* de son *Vicaire Savoyard* et que Victor Cousin a cru devoir faire le relevé des trente-deux états successifs par lesquels a passé la pensée de ce maître ouvrier de la *parole écrite* pour arriver à lui paraître présentable sur la table de l'éternel — universel — banquet des générations à venir.

» Or... Entreprendre pour vous être utile autant qu'agréable, entreprendre, dis-je, de rédiger *ici* le *texte complet* de la *Constitution impérissable qui reste le* DESIDERATUM de la *Révolution* et de la *Révélation*, — vous en conviendrez avec moi, c'est bien autrement *cotoneux* encore que de forger et limer une *épisodique profession de foi de vicaire* devant figurer dans un livre n'ayant pas d'autre prétention que celle d'être et de rester un roman.

» Vous ne serez donc pas trop étonné qu'après une quinzaine de jours d'un travail plus nocturne encore que diurne, je n'en sois encore qu'aux premières ébauches de ma conception, et pour ainsi dire qu'à la mise au point de cette statue qui, pour être digne de votre contemplation en même temps que de ma cogitation, doit être à tout jamais aux yeux de tous le suprême *chef-d'œuvre* du génie du plus grand des législateurs passés, présents et futurs.

» Mais je n'attends pas seulement de vous que vous ne soyez pas étonné, c'est-à-dire dégoûté d'attendre de mon *infortune* plus et mieux que vous ne pouvez attendre de n'importe quel *écrivain de fortune*. En vérité, j'attends encore de votre discernement que vous soyez intimement satisfait de la marche déjà prise par notre MESSIANIQUE *travail*. Je dis notre parce qu'il sera la raison d'être unique de notre estime réciproque. »

La citation est un peu longue, mais elle m'a paru utile pour montrer les analogies qui existent entre cette prose et les écrits des décadents.

Les décadents recherchent encore les alliances de mots bizarres et qui détonnent, ces étranges accouplements qu'on ne parvient plus à comprendre.

M. S. Versini parle des « rayons du remords et de la pénitence »; M. Laurent Tailhade, « de la mémoration des corolles fanées », et de « maint lambeau d'Occident fascé de pourpre et d'or ».

M. Paul Gérardy parle d'une

...chanson tout en clair de lune ;

M. Stuart Merril des « roses trop rouges de son désir » et d'une

> ...passante aux yeux pleins de passé ;

M. Francis Vielé-Griffin dit :

> L'aube est pâle comme une qui n'ose.

M. G. Kahn :

> La blondeur de la nuit défaille en flots d'étoiles.

M. E. Raynaud :

> Regarde ! le soir y saigne avec abondance.

M. Fontainas :

> Le soleil agonise en baisers de lumière.

M. de Retté écrit :

> Et des rêves dorés aux murmures d'abeilles
> Nimbent de blonds enfants que ton silence adore.

M. Elslander dit :

> Le silence comme un voile immense détaché des cieux,
> Tombe, fasiant et palpitant, par l'espace.

Et M. Paul Pionis qui est sans doute un disciple du père Sarcey, parle de

...doigts longs comme un cœur ayant beaucoup aimé...

Certes les plus grands poètes ont eu de ces audaces malheureuses. Mais les vers des poètes des époques de décadence en fourmillent. Ainsi nous ne pouvons pas toujours retrouver sous l'emphase grecque l'idée de Pindare ni suivre toujours le pompeux auteur de la Pharsale.

Même recherche dans les écrits des aliénés.

Le jardinier devenu prophète dont je vous ai déjà entretenu, sème son apocalypse de ces alliances de mots d'une hardiesse rare. Il parle « de l'horizon de l'avenir, » de « l'onde du désarroi, » des « parois de la pensée, » de « l'ombre de l'aurore, » de la « candeur des sublimes revers. »

En vérité, lequel imite l'autre ? Lequel est le plus malade ?

CHAPITRE VIII

Mysticisme et érotisme

Ce n'est pas seulement par l'étrangeté et l'incohérence de la forme que se caractérise le dégénéré. Ses sentiments et ses passions ne sont pas ceux des autres hommes; ils sont maladifs ou pervertis. Il ne sent point comme tout le monde. Ses sens ne sont pas affinés, comme le prétendent quelques-uns, ils sont tout simplement émoussés. Pour les émouvoir, il faut des sensations suraiguës qui feraient crier les autres de douleur. Sas passions sont excessives, les bonnes comme les mauvaises.

Il en est de même du décadent.

Que faut-il au poète, au vrai poète, pour l'inspirer ? La douceur des aurores, la splendeur des soleils couchants, le bruit formidable du tonnerre grondant dans l'étendue, la senteur du foin apportée par la brise, moins que cela, une rose qui s'ouvre, un lys fané qui se penche,

Un chant d'oiseaux, un bruit de feuilles remuées,
Un rayon de lune argentant les nuées.
Le papillon doré voltigeant sur les fleurs,
Le murmure du vent dans les saules pleureurs,
L'Océan qui rugit en embrassant les grèves.

Et M. Pauly, un débutant qui peut ainsi être pris comme terme de comparaison, continue :

Son âme est avec l'eau qu'elle suit dans son cours,
Il cause avec la fleur, il interroge l'herbe,
Il préfère la mousse au grand arbre superbe,
Il erre échevelé, le soir, au fond des bois,
Ecoutant le zéphir, mystérieuse voix ;
Une fleur, un fraisier, un rien le rendrait ivre,
Et l'univers entier n'est qu'un immense livre,
Où son esprit pensif lit la création.

Le poète voit une foule de choses ravissantes, là où tant d'autres ne voient rien.

Son œil plonge plus loin que le monde réel,
Son âme est une tente, il en ouvre les toiles,
Dans les fleurs de nos champs son cœur voit des étoiles,
Dans les étoiles d'or les fleurs de l'infini.

Quand il parle d'amour, on dirait qu'il est ivre.

Quel pur et noble enthousiasme ! Lui seul connaît

L'ardent bonheur profond d'aimer et d'être aimé.

Lui seul connaît

.... Les jours illuminés de flamme,
Et les parfums des lys riant aux roses de mai.

Le décadent se replie sur lui-même. La poésie, au lieu de dilater son cœur, le resserre. Il scrute, dissèque son âme douloureuse. Il analyse ses vices, se complait à les chanter, à les exalter en des hymnes malsains.

Pourtant le vice, même le vice décadent, est à la portée de tout le monde. La vertu, au contraire, n'est l'apanage que d'un très petit nombre.

Ils glorifient le suicide, que Mallarmé appelle le « suicide beau ». Leur âme poétique aspire au néant.

L'amour devient pour eux de l'érotisme et enfante des aberrations inconnues de Tardieu. C'est de la pure folie.

Verlaine écrit :

Assez qu'on — sinon plus qu'assez
Déplore avec désinvolture
Les uns mes « désordres » passés,
Les autres ma Noce ! future.
Mais tous joignent cette torture
A leurs racontars déplaisants

De me vieillir plus que nature :
Je n'ai que quarante-trois ans.
J'ai mille vices, je le sais,
Et connais leur nomenclature,
Mais pas tous ceux qu'on a tracés.

Après cette sorte de confession, il nous fait cet autre aveu :

J'ai la fureur d'aimer, mon cœur si faible est fou,
N'importe quand, n'importe quoi, n'importe où.

Et il ajoute avec découragement :

J'ai la fureur d'aimer. Qu'y faire? ah, laisser faire.

Puis, en vers d'une envolée superbe, il chante l'amour ou mieux les plaisirs sexuels.

L'écartement des bras m'est cher, presque plus cher
Que l'écartement autre;
Mer puissante et que belle et que bonne, de chair,
Quel appât est le vôtre!

O seins, mon grand orgueil, mon immense bonheur,
Purs, blancs, joie et caresse,
Volupté pour mes yeux et mes mains et mon cœur
Qui bat de votre ivresse,

Aisselles, fins cheveux courts qu'ondoie un parfum
Capiteux où je plonge,
Cou gras comme le miel, ambré comme lui, qu'un
Dieu fit beau mieux qu'en songe,

Fraîcheur enfin de bras endormis et rêveurs
Autour de mes épaules,
Palpitants et si doux d'étreinte à mes ferveurs
Toutes à leurs grands rôles,

Que je ne sais quoi pleure en moi, peine et plaisir,
Plaisir fou, chaste peine,
Et que je ne puis mieux assouvir le désir
De quoi mon âme est pleine,

Qu'en des baisers plus langoureux et plus ardents
Sur le glorieux buste,
Non sans un sentiment comme un peu triste
Dans l'extase comme auguste !

Et maintenant vers l'ombre blanche — et noire un peu —
L'amour, il peut détendre
Plus par en bas et plus intime en son fier jeu
Dès lors naïf et tendre.

Jusqu'ici, en tenant compte de l'exagération inhérente à toute poésie et dont il faut forcément tenir compte dans toute juste appréciation, il n'y a rien que de normal. Mais écoutez ceci :

L'une avait quinze ans, l'autre en avait seize ;
Toutes deux dormaient dans la même chambre, —
C'était par un soir très lourd de septembre ; —
Frêles ; des yeux bleus, des rougeurs de braise.

Chacune a quitté, pour se mettre à l'aise,
La fine chemise au frais parfum d'ambre.
La plus jeune étend les bras, et se cambre ;
Et sa sœur, les mains sur les seins, la baise,

Puis tombe à genoux, puis devient farouche,
Et colle sa tête au ventre, et sa bouche
Sous l'or blond, dans les ombres grises;

Et l'enfant, pendant ce temps-là, recence
Sur ses doigts mignons des valses promises,
Et, rose, sourit avec innocence.

Lisez encore cette autre du même genre :

Tendre, la jeune femme rousse,
que tant d'innocence émoustille,
dit à la blonde jeune fille
ces mots, tout bas, d'une voix douce :

« Sève qui monte et fleur qui pousse,
ton enfance est une charmille :
laisse errer mes doigts dans la mousse
où le bouton de rose brille,

laisse-moi, parmi l'herbe claire,
boire les gouttes de rosée
dont la fleur tendre est arrosée,
afin que le plaisir, ma chère,
illumine ton front candide
comme l'aube l'azur timide. »

A la rigueur, le poète peut encore invoquer cette excuse : qu'il n'a fait que peindre en vers magnifiques un vice qu'il n'approuve ni ne désapprouve. Néanmoins cela ressemble trop à une apothéose. Et puis, un peu plus loin, il vide son âme, fait étal de ses péchés, jette ses vices à la face du public comme un défi. Ecoutez :

Je le crois bien qu'ils ont la pleine plénitude,
Et pour combler leurs vœux, chacun d'eux tour à tour
Fait l'action suprême, a la parfaite extase,
— Tantôt la coupe ou la bouche et tantôt le vase —
Pâmé comme la nuit, fervent comme le jour.
Leurs beaux ébats sont grands et gais. Pas de ces
[crises :
Vapeurs, nerfs. Non, des jeux courageux, puis d'heu-
[reux
Bras las autour du cou, pour de moins langoureux
Qu'étroits sommeils à deux, tout coupés de reprises.
Dormez les amoureux! Tandis qu'autour de vous
Le monde inattentif aux choses délicates,
Bruit ou gît en somnolences scélérates,
Sans même, il est si bête, être de vous jaloux.

C'est maintenant de la folie pure. Ajoutez qu'à côté de ces turpitudes ciselées dans *Parallèlement*, M. Verlaine donnait des vers d'un mysticisme étrange et adorable. Certes, je ne veux pas dire et je n'ai jamais pensé que M. Verlaine fut un aliéné et, à mon sens, ce fut plutôt un détraqué de génie, un progénéré qu'un dégénéré, mais avec d'étranges écarts et d'étranges faiblesses.

Je n'ai jamais observé le délire mystique chez un aliéné sans une nuance plus ou moins prononcée d'érotisme. C'est là un fait constant et connu de tous les médecins aliénistes.

Il est vrai que Verlaine n'est pas seul. Horace

déclare cyniquement qu'après boire il ne distingue plus le jeune esclave de la jeune servante et, à la fin de sa vie, il ciselait des odes pour Ligurinus. Anacréon chante en vers précieux et maniérés l'amour et la sensualité : « Que je sois ta tunique, ô jeune fille, afin que tu me portes ; que je sois une eau pure, afin de laver ton corps ; une essence, pour te parfumer ; une écharpe, pour ton sein ; un collier de perles, pour ton cou ; une sandale, pour que tu me foules de ton pied. » Puis, devenu vieux, il veut lui aussi goûter aux amours pervers. « Peins mon Bathyllos bien aimé, dit-il, tel que je vais le décrire. Fais-lui des cheveux brillants, noirs par le haut, dorés par le bas. Noue-les négligemment et qu'ils flottent en liberté. Couronne un beau front de sourcils d'ébène. Que son œil soit noir et fier, mêlé de douceur, comme celui d'Arès et celui de Kythèrè, et qu'il tienne en suspens entre la crainte et l'espérance. Que sa joue ait le duvet léger des pommes. Qu'il ait la poitrine et les mains de Hermès, la cuisse de Polydeukès et le ventre de Dyonisos. Au-dessus de sa cuisse, là où brûlent des feux, je veux que tu peignes une puberté naissante qui invite Eros. »

Pour Verlaine comme pour Anacréon la magie du style ne saurait faire oublier de pareilles aberrations. Derrière le poète on sent trop le malade.

Du reste, toute la génération poétique actuelle semble plus ou moins entachée d'érotisme. M.

Ch. Guérin semble en faire l'aveu dans les strophes mystiques que voici :

Notre-Dame du crépuscule,
Versez la fraîcheur de vos palmes,
Bonne vierge du clair de lune,
A la détresse de nos âmes.

Sainte guérisseuse de stupres,
A nos lèvres sanglantes qu'arde
La soif des voluptés impures,
Versez la fraîcheur de vos palmes.

Par votre prière ineffable
Sauvez-nous des spasmes nocturnes,
De l'âcre amour des courtisanes,
Bonne vierge du clair de lune.

L'érotisme, la recherche du suraigu pour les sens fatigués ou blasés, est encore un des vices ou mieux un des stigmates des époques de décadence, à Athènes comme à Rome, à Rome comme à Byzance.

CHAPITRE IX

Futilité des Décadences

Tous les faibles d'esprit, tous les déséquilibrés, tous les dégénérés sans exception, sont attirés par le bizarre et l'étrange. Ils croient s'élever au-dessus de leurs semblables en se singularisant par leur costume, leurs attitudes, leur langage. Même tendance incontestable chez les décadents. Du reste ce goût du bizarre et de l'impossible se manifeste à toutes les époques de décadence. Quand l'empereur Constantin transféra à Byzance le siège du nouvel empire, on ne comprit plus les beautés de l'art grec et la statuaire tomba dans l'étrange et l'incohérent. Ainsi les historiens de Constantin rapportent qu'il avait commandé un groupe qui réunissait les portraits de ses trois fils, Constantin, Constance et Constant. Ce groupe, en porphyre, avait trois corps, six jambes et six bras ; mais il n'avait qu'une seule tête qui, selon le point de vue où se plaçait le spectateur, offrait alternativement la ressemblance des trois frères. Cela constituait une adresse mécanique, un travail d'optique, mais n'avait plus rien à voir avec l'art.

Il en est de même de certaines poésies contemporaines qui ne sont plus que des jeux de patience, des mots sonores assemblés en vue du rythme sans se préoccuper de l'idée. Telle est la poésie suivante de M. P.-M. André :

Du linge neige
Sur les prés verts,
Tandis qu'autour le vent arpège
Des sons clairs.
Se convulse, au vent, le linge
Blanc comme neige.
Les prés dorment calmes et verts
Sous le soleil aux rayons clairs.

Cette autre de M.Trahsel n'est qu'un enfantillage prétentieux :

Je rève et je danse, la danse de la volupté,
La danse de la volupté...
Voyez les courbes de ma jambe
Et le bas de mon ventre,
Et le bas de mon ventre !
Je meurs d'amour, je meurs, je meurs
D'amour.....

On en arrive ainsi à parler pour ne rien dire, comme M. V. Remouchamps dans les strophes suivantes :

Tous les cieux sont venus hanter mes yeux de rêve,
Les cieux où luit l'azur infirme du Réel :
Les cieux se sont éteints devant mes yeux de rêve...

Tous les yeux sont venus hanter mes yeux de rêve,
Les yeux où luit la joie infirme du Réel :
Et les yeux ont saigné devant mes yeux de rêve....

Ce sont des mots bizarrement assemblés et rythmés, voilà tout.

On retrouve à toutes les époques de décadence la même recherche des rythmes heurtés et bizarres, des chûtes imprévues, des baroques assonances. Pentadius confectionnait des vers que ses contemporains appelaient vers serpentins et qu'ils comparaient à un serpent qui se mord la queue. En voici un échantillon :

Sentio, fugit hiems, zéphyrisque moventibus orbem
Jam tepet Eurus aquis ; sentio, fugit hiems.
Parturit omnis ager, prœsentit terra calorem,
Germinibusque novis parturit omnis ager.
Lœta vireta tument, foliis sese induit arbor,
Vallibus apricis lœta vireta tument.

Voici un jeu poétique du même genre que j'emprunte à M. A. Sabatier :

Dans la plaine aux frissons roux
Pauvre nous !

Voici les faux qui volent, volent,
Comme un souple balancier
D'acier,
Volent, volent, volent.
Pauvres nous et pauvre moi!
Apre loi
Dont nos rêves se souviennent!
Les clairs faux vont et viennent.
Le croissant fin du métal,
Jeu brutal!
Meurtrit les javelles blondes.

Les poètes en arrivent ainsi à versifier sur les sujets les plus minimes et les plus ténus. Toute l'anthologie grecque est remplie de ces productions, mignardises brodées sur des sujets insignifiants. Seul Méléagre a su conserver un peu de la vénusté grecque. Cette épitaphe semble tracée du bout du doigt sur la poussière d'un tombeau: « O terre, mère universelle, salut! sois légère maintenant pour Aisigène : elle a si peu pesé sur toi! »

Tout le reste de l'anthologie n'est que rococo et Pompadour. « Les raffinements de la pensée et du langage, dit Paul de Saint-Victor, amollirent la noble muse de Pindare; les subtilités l'étiolèrent, la galanterie l'affadit. » La littérature transportée d'Athènes à Alexandrie, y fut prise du mauvais goût asiatique. C'est l'époque des petits poètes qui fourmillaient à la cour des Ptolémées et des Séleucides, « vrais musiciens du sérail, dont les vers semblent faits pour être chantés par des voix d'eunuques ». On trouve dans l'anthologie: « L'amour mouillé», «L'amour noyé», «L'amour oiseau», «L'amour prisonnier», « L'amour laboureur », « L'amour chasseur », « L'amour écolier », « L'amour à vendre », et d'autres encore. « Ce ne sont, dit encore Paul de Saint-Victor, que niches à Vénus, bouquets à Chloé, ex-votos de Cythère, cœurs en brochette, madrigaux mignards, vignettes libertines. Le miel corrompu coule à pleins bords, on marche jusqu'aux genoux dans les fleurettes artificielles de la décadence ».

Il en est à peu près de même pour les poètes de la décadence latine. Quand il ne nous entretient pas de ses misères amoureuses, Catulle pleure la mort du moineau favori de Lesbie :

Lugete, o Veneres Cupidinesque
Et quantum est hominum venustiorum !
Passer mortuus est meæ puellæ,
Passer, deliciæ meæ puellæ,
Quem plus illa oculis suis amabat.

Adrien mourant adresse à son âme ces versiculets tremblottants :

Animula ! vagula, blandula,
Hospes comesque corporis,
Quæ nunc abibis in loca,
Pallidula, rigida, nudula, !
Nec, ut soles, dabis jocos.

Tels sont encore les précieux dystiques que

polissait comme des pierres précieuses le mystique Sidoine Apollinaire :

Pistigero quæ concha vehit Triton Cytherem
  Hac sibi collata cedere non dubitet,
Poscimus, inclina paulisper culmen herile,
  Et munus parvum, magna patrona, cape.

Plus tard, dans une autre langue, Alphonse de Liguori avait encore de ces mignardises :

La guance di rose
Mi rubano il core :
O Dio ! che si more
Quest' alma per te
Mi sforza a baciarti
Un labbro si raro :
Perdonami, caro,
No posso piu, no.

Ils ne manquent pas non plus à notre époque tous ces poètes de pacotille, maniérés, alambiqués, pédantesques, comiques et lamentables, qui transforment en jargon grotesque notre belle langue française.

M. Jean Moréas lui-méme est loin d'être à l'abri de la critique. S'il a eu quelques élans, s'il a ciselé quelques strophes élégantes et sonores, écoutez ceci :

Pour consoler mon cœur des trahisons
Je veux chanter en de nobles chansons,
Les doctes filles de Nérée :
Glaucé, Cymothoé, Thoé,

Protomédie et Panopée,
Teurice aux bras de rose, Eulimène, Hippothoé,
Et l'aimable Ilolie, et Amphitrite, à la nage prompte,
Proto, Doto, parfaite à charmer,
Et Cymatolège qui dompte
La sombre mer.

Cela n'est plus de l'art ni de la poésie : c'est un passe-temps, un jeu de patience. Or, ce procédé d'énumération puéril est familier à M. Jean Moréas. A preuve :

Et c'est ainsi que sans douloir,
Joël se remémore :
Madame Emelos, gente à voir,
Qui s'est livrée au More.
Puis c'est Esmésée, Anne, Inor,
Viviane, Junie,
Mab, et la reine Aliénor.

On en arrive ainsi à faire imprimer, sous prétexte de poésie, des futilités qui ne sont que de la verbigération, des mots plus ou moins heureusement alignés, des puérilités comme *Un jour*, le drame psychologique de M. Francis Jammes, où je trouve ceci :

LE POÈTE

Tu avais mis tes bas à sécher sur la haie,
La vache, en passant tout à l'heure, les a mangés.

LA FIANCÉE

Oh ! que c'est ennuyeux, c'est la seconde fois.
Ça m'était arrivé il y a déjà trois mois.

LE POÈTE

Tu pourrais les mettre à sécher près de la grange,
Où la génisse et la vache ne passent pas.
Il y a une corde en osier à des échalas.

LA FIANCÉE

Près de la grange, l'ombre est trop épaisse à cause du
[noyer.

L'AME DU POÈTE (*au poète qu'elle a suivi.*)

Ton cœur en ce moment est dans l'ombre du noyer.
Ton bonheur est comme le soleil qui glisse
sur le perron usé, les paules et les glycines
au bois tordu et dur. Là-bas, sur la haie,
séchaient les bas légers de la fiancée,
et la vache qui passait les a mangés,
parce qu'ils éclairaient le soleil comme l'herbe bleue,
parce que la vache était contente sous le ciel en feu,
parce que tout était bon, parce que tout était doux,
parce que tout était luisant comme le houx,
parce que la vie est comme l'eau qui coule
sur les cressons et les pierres dorées et douces.

LE POÈTE

Fiancée, donne-moi un verre d'eau ?

LA MÈRE (*à la servante qui est entrée*)

Va au puits chercher de l'eau. Ne cogne pas
à la pierre le seau usé, la cruche. Va.

Ecoutez encore la complainte du petit veau :

Les pauvres donnent aux pauvres. Je ne sais pas
si les riches donnent jamais !... Le petit veau,

dont on mange la viande, je l'ai connu
avant qu'on le menât mort à la banlieue.
Il s'amusait gaîment aux luzernes fleuries
à menacer de ses jolies petites cornes un chien doux.
Ce petit veau était pauvre et parce qu'il était pauvre
il finit dans le ventre des pauvres.
Il a fait son devoir en vivant, en mourant.
Fais ton devoir aussi en mourant et vivant.

Encore une fois, cela n'est plus de l'art ni de la poésie, c'est un jeu d'enfant ou de malade.

CHAPITRE X

L'inspiration.

Il y a plusieurs catégories de dégénérés : les uns sont des débiles, des faibles d'esprit qui ne sauraient jamais sortir du plat terre-à-terre ; les autres sont des dégénérés supérieurs dont certaines facultés sont abolies ou détraquées, mais dont les autres sont susceptibles d'une exaltation presque géniale. Les premiers restent toujours, même dans leurs moments d'excitation, des imbéciles ou peu s'en faut ; les seconds peuvent, dans leurs périodes de surexcitation cérébrale, atteindre par moments les cîmes les plus élevées de l'art. Mais, une fois leur cerveau apaisé, ils retombent au-dessous du commun des hommes. Ils ne se soutiennent pas comme le véritable génie d'un coup d'aile que rien n'abat ; ce sont des génies intermittents, incomplets.

Quand le délire est sur le point d'éclore, on dirait que l'énergie cérébrale du dégénéré est doublée ou triplée ; il devient actif, entreprenant ; sa parole devient facile et abondante ; son esprit s'ouvre à toutes choses ; ses idées s'élargissent ; en un mot toutes ses facultés s'exaltent et s'avivent.

Au début de son délire, cette suractivité cérébrale persiste. Il n'est pas rare alors de voir des hommes presque sans instruction parler avec une certaine éloquence et écrire des pages pleines de couleur et de poésie. Ce sont des espèces de décharges nerveuses.

C'est ce que l'on appelait autrefois l'inspiration, une sorte de mouvement de l'âme qui transporte le poète hors de lui-même, qui semble le faire obéir à une puissance supérieure qui l'enlève et le subjugue tout entier. Aussi les anciens disaient que c'était un dieu qui s'emparait de l'âme du poète, et qui lui communiquait ses pensées et ses expressions les plus sublimes :

Est deus in nobis : agitante calescimus illo.

Un nommé Boileau Despréaux, une sorte de précurseur du père Sarcey, a également décrit en vers de mirliton ce phénomène qu'il n'a vraisemblablement jamais éprouvé lui-même :

C'est en vain qu'au Parnasse un téméraire auteur
Pense de l'art des vers atteindre la hauteur;
S'il ne sent point du ciel l'influence secrète,
Si son astre en naissant ne l'a pas formé poète,
Dans son génie étroit il est toujours captif,
Pour lui Phébus est sourd et Pégase est rétif.

Tel ce pauvre jardinier, absolument illettré, fils et petit-fils d'aliénés, dont je vous ai déjà parlé. Il se croyait le fils de Dieu et se disait envoyé sur la terre pour tenter une rédemption nouvelle. Il était le frère et le successeur de Jésus-Christ. Eh bien, cet homme qui savait à peine écrire, qui ne fréquentait point les églises, qui n'avait jamais lu la Bible ni aucun livre sacré, racontait ses visions dans un langage qui étonnait dans une pareille bouche. Il me remit un jour une sorte de résumé de sa doctrine qu'il avait intitulé : « Paroles de Dieu par la bouche d'un ignorant. » En voici quelques passages qui, malgré leur exagération imagée, ont une tournure presque biblique :

« Hommes, dans ce monde ici-bas, vous qui jetez au vent les remords de la vie, vous qui blasphémez votre Rédempteur au moment qu'il veut revenir à vous, que de sacrifices ne fais-je pas pour vous, ingrats que vous êtes ! Si je voulais, je vous écraserais du haut des cieux. Vous qui cherchez dans l'obscurité la lumière éternelle, les flambeaux de la vie, les remords des hommes, le royaume des cieux et le bonheur de l'avenir, tremblez à l'horizon qui doit paraître. Du haut des cieux j'ai descendu sur la terre pour faire trembler l'univers et répandre sur mon peuple la terreur. Que mes souvenirs restent toujours en vous. Que le blasphème sorte de votre bouche et que la crainte le remplace, car le passé n'est plus : les choses sont changées. Si jamais l'univers n'a bougé, vous le sentirez remuer sous vos pieds. J'éveillerai le lion du désert qui dort d'un sommeil engourdi. Je ferai flotter la barque du rameur sur les mers. Par mes tourbillons je rallierai les flots. Je ferai trembler l'auxillaire de l'Océan. Je ferai bannir le roi des Alpes. Je ferai souffler les vents de la Tamise. Je ferai gronder le lion du Danemarck ; j'agiterai les panthères ; j'obscurcirai le jour. »

Malgré leur emphase,malgré certaines alliances de mots inacceptables,ces menaces ont réellement quelque chose d'apocalyptique. Ecoutez encore cette prière :

« Père éternel, je viens à jamais dans l'Eternité vous convaincre de ma présence, immortaliser mon nom, châtier les méchants, calmer les vengeurs, grandir les honneurs, bannir à jamais les horreurs de la vie. Français, vous qui cherchez à l'ombre de l'aurore les merveilles de la vie, venez vous ranger ici dans cette enceinte de lumière qui va s'ouvrir pour vous et qui va faire rayonner l'Espérance. Ecoutez ma parole, mes sublimes sentiments. Que ma présence trouble vos cœurs du plus profond sentiment de respect. »

Si on veut juger du degré d'instruction de cet homme, on n'a qu'à examiner sa façon d'orthographier. En voici un échantillon :

« Homme dans se monde isi ba, vous qui jeté o ven les remorre de la vie, vous qui blasephaizmé votre rédemnteur o momen qu'il veu revenir à vous, que de çacrifise ne faige pas pour vous, ingra que vous aite. »

J'ai bien souvent rêvé à ce jardinier dont le cerveau s'était subitement illuminé, à ce prophète qui n'avait jamais lu que le *Petit Journal* et dont les idées n'avaient guère dépassé le mur de son jardin. Plus tard tout cela s'est effondré dans la nuit de la démence.

Honorine Mercier, la sœur d'Euphrasie Mercier, l'héroïne du crime de Villemonble, a écrit des poésies absolument surprenantes puisqu'elles ne lisait jamais et qu'elle n'avait reçu aucune instruction. Voici un passage emprunté à sa poésie : *Le monde des abîmes.*

A terre je gisais, foudroyée, éperdue...
Puis...le sol s'entr'ouvrant me lança dans la nue !
Que vois-je ! oh ! quel effroi !... quel océan d'espace !
Quoi ?... mon corps s'agitait suspendu dans l'espace !
Lequel précipité dans un vide infini,
Me parut un ballon tournant dans l'infini.

Sans un fil pour soutien, tournant, tournant sans cesse
Quelle chûte et quel choc !... ô ciel, quelle détresse !...
Ne voir que l'étendue, que l'abîme insondable,
Que le néant sans cieux, c'était inénarrable.
Un univers sans âme, aussi large et profond
Qu'on ne peut l'exprimer puisqu'il était sans fond !...

Ailleurs elle décrit : *L'abîme cahotant.*

L'abîme cohotant est un mont fait de rocs.
On le gravit courant, heurté de roc en roc,
Debout sur un trapèze auquel sont adaptées
Deux roues ne fonctionnant qu'en étant cahotées.
Le choc est permanent, mécanique, infernal ;
Résonnant sur le cœur comme le timbre du mal ;
La commotion ressemble à la pince tenaille,
Déchirant violemment, comme fait la mitraille,
Les fibres et les nerfs suppliciés sans cesse.
Or, ce tourment s'accroit par une vue qui blesse.
C'est celle d'un dragon, sorte de monstre ailé,
Qui fougueux vous emporte à ce char attelé...
Il monte et puis descend en bondissant, rapide,
Sur ce mont suspendu dressé parmi le vide.
Cette course insensée ne peut se ralentir,
Car un funèbre glas hurle le mot : partir !...
Partir !... Ah oui, partir !... sans s'arrêter jamais.
Recommencer sans fin ce sujet à jamais !

En proie à des conceptions mystiques et à des idées de persécution, Honorine Mercier était depuis son enfance dans un délire perpétuel.

CHAPITRE XI

Mysticisme et mélancolie

Il en est des décadents comme des dégénérés. Les uns sont des débiles qui, dans une bouffisure extravagante d'orgueil, se croient prédestinés ; ils s'intitulent chefs d'école, inventent des méthodes, des rythmes nouveaux, essayant de cacher leur impuissance et leur stérilité sous des phrases incohérentes aux allures apocalyptiques. Mais leurs facultés intellectuelles n'ont ni hauts ni bas ; elles conservent toujours leur platitude immuable.

Les autres, au contraire, s'ils tiennent parfois de l'aliéné, tiennent parfois aussi du génie. Ils ont des élans superbes, des cris inattendus, des émois poignants. Et leurs poésies sont empreintes d'une saveur toute particulière. Ce ne sont plus les robustes et saines fleurs des époques classiques ; mais ces fleurs pâlottes, morbides, souffreteuses, ont je ne sais quel parfum exquis et tout particulier. Elles ont la grâce et la fraîcheur des pauvres petites fleurettes qui poussent, isolées, malingres, toutes frileuses, dans les déserts de lave de l'Islande.

Vous connaissez la ballade de tristesse de Paul Verlaine :

Il pleure dans mon cœur
Comme il pleut sur la ville.
Quelle est cette langueur
Qui pénètre mon cœur?

O bruit doux de la pluie
Par terre et sur les toits!
Pour un cœur qui s'ennuie
O le chant de la pluie!

Il pleure sans raison
Dans ce cœur qui s'écœure.
Quoi! nulle trahison?
Ce deuil est sans raison.

C'est bien la pire peine
De ne savoir pourquoi,
Sans amour et sans haine,
Mon cœur a tant de peine.

Il se dégage de ces quatrains une mélancolie très douce et très pénétrante.

Arthur Rimbaud, si souvent obscur, a cependant écrit quelques belles strophes. Ecoutez ceci :

Seigneur, quand froide est la prairie,
Quand dans les hameaux abattus,
Les longs Angélus se sont tus,
Sur la nature défleurie
Faites s'abattre des grands cieux
Les chers corbeaux délicieux.

Armée étrange aux cris sévères,
Les vents froids attaquent vos nids.
Vous, le long des fleuves jaunis,
Sur les routes aux vieux calvaires,
Sur les fossés et sur les trous
Dispersez-vous, ralliez-vous !

Par milliers, sur les champs de France,
Où dorment des morts d'avant-hier,
Tournoyez, n'est-ce pas l'hiver,
Pour que chaque passant repense !
Sois donc le crieur du devoir,
O notre funèbre oiseau noir !

On ne sarait toucher avec plus de bonheur et surtout plus de sentiment la note triste. Cela n'est ni de la pose ni de la recherche. M. Arthur Rimbaud devait être immensément, inconsolablement triste quand il a écrit ces vers.

Voici quelque chose de plus étrange et de plus poignant encore peut-être, une sorte de monologue d'un mysticisme et d'un réalisme surprenants en même temps, que M. Jehan Rictus dit dans les cabarets de Montmartre. Un poivrot erre à une heure avancée de la nuit. Voilà que le spectre du Crucifié se dresse tout-à-coup devant lui, au détour d'une rue, « lui, le bon rouquin, le vagabond galiléen, avec sa gueule de désolé ». L'homme appelle « les gouapeurs, les pauvres morues » pour leur montrer le Fils de Dieu qui, comme autrefois, est « sans pieu, su' l'pavé, sans feu ni lieu, comme eux, les muffes, comme elles, les grues ». Comme le Crucifié se tait, il s'avise tout-à-coup de sa tristesse et de sa pâleur ; l'émotion et les larmes le gagnent devant ce Dieu grelottant qui n'a sûrement ni bouffé ni dormi. « Pauv' vieux, va ! Si qu'on s'rait amis ! » Et il l'interpelle :

Ousqu'il est ton ami Lazare
Et Simon Pierre, et tes copains ?
Et Judas qui bouffait ton pain
Tout en t'vendant comme au bazar ?
Et Mad'leine, ousqu'alle est passée ?

T'aurais mieux fait d'te mettre en croix
Contr' son ventre nu, 'contre sa poitrine,
Ses beaux seins n'tauraient pas blessé,
T'aurais mieux fait d'... l'embrasser,
A n'avait un pépin pour toi.

Puis il le blague et le prie :

Eh ! blanc youpin ! Eh ! pauv' raté !
Tout ton Œuvre, il a avorté.

Toi, ton Etoile et ta colombe
Dégringolent dans l'Eternité.
Tu dois en avoir d'l'amertume.

Ainsi des fois, quand'la neig' tombe,
On croirait tes ang's qui s'déplument!
Bah! vient un temps où tout s'fait vieux,
Et les plus baths chos's perd't leurs charmes :
Oh! v'là qu'tu pleur's et des vraies larmes,
Tout va s'écrouler, nom de Dieu!

Et comme l'ivrogne, surexcité, adjure le Christ de refaire un miracle et de renouveler la face du monde, le jour naît et le soûlot s'aperçoit que l'homme divin

C'était lui qui s'était collé
D'vant un miroir de marchand d'vins.
On perd son temps à s'engueuler!

Les décadents de nos jours, comme ceux de toutes les époques, sont plutôt des mystiques et des tristes. En parcourant les œuvres des petits *poetæ minores* contemporains, j'ai plutôt recueilli une impression de tristesse et de découragement. A part quelques coups de clairon sonores donnés par les meilleurs, les vrais, les forts, on pourrait presque dire que toute la pléiade pleure ou gémit. L'un d'eux déclare :

J'ai cru voir ma tristesse
Et je l'ai vue.
Elle était nue,

Assise dans la grotte la plus silencieuse
De mes plus intérieures pensées.

Ils ont un gout prononcé pour la mélancolie et se complaisent dans une tristesse vague, une langueur un peu morbide. M. Louis Pilate de Brinn'Gaubast dit :

Glas funèbre, tinté par de joyeux grelots,
Mon affreux rire a pu s'égrener en sanglots,
Et mes sanglots crever en larmes de délices !

Ils semblent frappés d'un désenchantement et d'une désespérance précoces.

M. E. Watyn déclare crûment :

Iconoclaste chimérique
Des vieilles adorations,
Jetant mon cœur aux passions,
Aux proses mon âme lyrique,
J'ai vomi mes illusions.

Ecoutez cette plainte de M. Ivanhoë Rambosson :

Il pleut à larges gouttes, saintement.
Ce semble pur comme un sacrement
De baptême.

Baisers d'eau de la nuit : c'est la douceur
Très compatissante d'une sœur
Et que j'aime.

Et ce cri de M. Verhaeren :

La neige tombe indiscontinûment
Comme une lente et longue et pauvre laine,
Parmi la morne et longue et pauvre plaine,
Froide d'amour, chaude de haine.

Si cette poésie, avec ses grâces de convalescente pâlie et sa langoureuse morbidesse, a un charme quelquefois pénétrant et réel, ce n'est pourtant pas la vraie poésie, celle qui monte au cœur de tout homme en face du beau. C'est toujours de la maladie, et, par conséquent, une demi-impuissance.

CHAPITRE XII

Genus irritabile vatum.

L'infortune semble frapper les poètes et les artistes avec une fatale inexorabilité. Il est peu de poètes, de vrais poètes qui n'aient vécu dans la douleur. Nous voyons le vieil Homère aveugle errant de ville en ville et A. Chénier, un autre infortuné, lui met dans la bouche des paroles amères sur l'injustice des hommes :

Enfants, du rossignol la voix pure et légère
N'a jamais apaisé le vautour sanguinaire.
Et les riches, grossiers, avares, insolents,
N'ont point une âme ouverte à sentir les talents.

Et ailleurs :

Cymé, puisque tes fils dédaignent Mnémosine,
Puisqu'ils ont fait outrage à la muse divine,

Que leur vie et leur mort s'éteignent dans l'oubli !
Que ton nom dans la nuit demeure enseveli !

Virgile pleure sous les ombrages de Mantoue et Ovide boit le lait d'une jument sarmate sur les bords du Pont-Euxin. Dante exilé pleure Florence et l'Arno empourpré par les rayons du soir. Corneille a eu une vieillesse remplie d'amertume, et Racine a souvent pleuré en secret. Un peu plus tard, Gilbert meurt dans l'indigence :

Au banquet de la vie, infortuné convive,
J'apparus un jour, et je meurs ;
Je meurs, et sur ma tombe, où lentement j'arrive,
Nul ne viendra verser des pleurs.

Millevoye meurt à l'aurore de la vie.

Le poëte chantait ; de sa lampe fidèle
S'éteignaient par degrés les rayons pâlissants ;
Et lui, prêt à mourir comme elle,
Exhalait ces tristes accents :
« La fleur de ma vie est fanée ;
Il fut rapide, mon destin !
De mon orageuse journée
Le soir toucha presqu'au matin. »

Assurément, plus d'une de ces infortunes fut réelle et imméritée. Souvent, le poète est une âme tendre qui vit un peu au-dessus de la terre : il ne sait pas bien discerner le réel de l'irréel ; il manque de sens pratique, comme disent les bourgeois. Aussi, dans le *strugle for life*, c'est souvent un vaincu qui ne sait que pleurer et gémir, sans oser lutter et affronter la tempête en face. Quand on lit certains vers, on croirait entendre le son d'une harpe qui se brise.

Mais, tel n'est pas toujours le cas. Souvent le malheur du poète n'est que le fruit d'une vanité exagérée,d'un égoïsme hypertrophié qui ne veut rien voir en dehors du moi. Il en résulte un froissement perpétuel, une irritabilité excessive qui engendre la colère et la haine. Le poète se croit d'une essence supérieure ; il se figure que tout doit se courber devant sa supériorité le plus souvent imaginaire. Dans la lutte pour l'existence il se trouve mâté,vaincu : alors son âme, aveuglée par l'orgueil, ne lance plus que des cris de haine et de colère.

CHAPITRE XIII

Là cécité morale

Si on trouve quelques exemples de poëtes aimants et dévoués jusqu'à l'abnégation et au sacrifice d'eux-mêmes, on en trouve un bien plus grand nombre qui ne furent que des égoïstes féroces, des êtres cruels sans raison, voire même des criminels.

Salluste, Senèque, Bacon furent accusés, non sans motif, de péculat. Villon qui appartenait pourtant à une famille honorable, se jeta dans la ribauderie et son nom fut longtemps synonyme de fripon. Entraîné par l'amour immodéré du jeu et des femmes, il dérobe d'abord des objets de peu de valeur pour offrir de bons dîners à ses maîtresses et à ses compagnons d'oisiveté ; souvent il vole du vin pour satisfaire son goût prononcé pour l'alcool. Selon la coutume des filous, il vit aux dépens d'une ribaude qui, une nuit d'hiver, le jette à la porte. C'est cette femme que, dans son petit testament, il fait héritière de son cœur. Il s'unit ensuite à une bande de détrousseurs et commet des vols à main armée, principalement sur la route de Rueil, si bien qu'enfin, arrêté pour la seconde fois, il a grande peine à éviter la corde.

Tout le monde connaît sa *Ballade de la grosse Margot*. Je ne sais s'il faut y voir une forfanterie de poète ou l'expression de la vérité, — cette dernière hypothèse me paraissant la plus vraisemblable. Dans tous les cas, elle montre que les mœurs des souteneurs et des marmites de ce temps-là ne différaient guère de celles de ce temps-ci.

Quoi qu'il en soit, voici cette pièce remarquable par la chaleur de l'inspiration et le haut relief du coloris.

Si j'ayme et sers la belle de bon haict,
M'en devez-vous tenir à vil ne sot ?
Elle a en soy des biens à fin souhaict.
Pour son amour ceings bouclier et passot.
Quand viennent gens, je cours et happe un pot
Au vin m'en voys, sans demener grand bruyt.
Je leur tendz eau, fromage, pain et fruict,
S'ils payent bien, je leur dy que bien *stat* :
Retournez-cy, quand vous serez en ruyt,
En ce bourdel où tenons nostre estat.

Mais, tout après, il y a grand deshait,
Quand, sans argent, s'en vient coucher Margot ;
Mais ne le puis; mon cueur à mort la hait.
Sa robe prends, demy-ceinct et surcot :
Si luy prometz qu'ils tiendront pour l'escot.
Par les costez si se prend, l'Antechrist
Crie, et jure par la mort Jésu-Christ
Que non fera. Lors j'enponge ung esclat,
Dessus le nez lui en fais ung escript,
En ce bourdel où tenons nostre estat.

Puis paix se faict, et me lasche une gros pet
Plus enflée qu'ung venimeux scarbot.
Riant m'assiet le poing sur mon sommet,
Gogo me dit et me fiert le jambot.
Tous les deux yvres, dormons comme ung sabot ;
Et au réveil, quand le ventre luy bruyt,
Monte sur moy, qu'il ne gaste son fruit
Soubz elle geins ; plus qu'ung aiz me faict plat;
De paillarder tant elle me destruict,
En ce bourdel où tenons nostre estat.

ENVOI

Vente, gresle, gelle, j'ay mon pain cuict !
Je suis paillard, la paillarde me suit.
Lequel vault mieux, chascun bien s'entresuit.
L'ung l'autre vault : c'est à mon chat mon rat.
Ordure amons, ordure nous affuyt.
Nous deffuyons honneur, il nous deffuyt,
En ce bourdel où tenons nostre estat.

Mathurin Régnier avait des mœurs guére plus avouables ; de son temps on le qualifiait de coureur de bourdeaux. Il déclare lui-même qu'il n'a pas

Le jugement de conduire barque en ce ravisse-
[ment ;
Au gouffre du plaisir la courante m'emporte ;
Vaux ainsi qu'un cheval qui a la bouche forte,
J'obéis au caprice.

C'est à lui que nous devons l'*Ode à une vieille maquerelle* que voici :

Esprit errant, âme idolastre,
Corps vérolé, couvert d'emplastre,
Aveuglé d'un lascif bandeau ;
Grande nymphe à la harlequine,
Qui s'est brisé toute l'eschine
Dessus le pavé d'un bordeau !

Je veux que partout on t'appelle
Louve, chienne et ourse cruelle,
Tant deçà que delà les monts ;
Je veux que de plus on ajoute :
Voilà le grand diable qui joute
Contre l'enfer et les démons.

Je veux qu'on crie emmy la rue :
Peuple, gardez-vous de la grue,
Qui destruit tous les esguillons,
Demandant si c'est aventure
Ou bien un effet de nature,
Que d'accoucher des ardillons.

De cent dont elle fut ormée,
Et puis, pour en estre animée,

On la frotta de vif-argent :
Le fer fut première matière,
Mais meilleure en fut la dernière
Qui fit son cul si diligent.

Depuis, honorant son lignage,
Elle fit voir un beau ménage
D'ardeur et d'impudicitez ;
Et puis, par l'excès de ses flammes,
Elle a produit filles et femmes
Au champ de ses lubricitez.

Vieille sans dent, grande hallebarde,
Vieux baril à mettre moutarde,
Grand moriau, vieux pot cassé,
Plaque de lit, corne à lanterne,
Manche de lut, corps de guiterne,
Que n'es-tu déjà *in pace* ?

Vous tous qui, malins de nature,
En désirez voir la peinture,
Allez-vous-en chez le bourreau ;
Car, s'il n'est touché d'inconstance,
Il la fait voir à la potence
Ou dans la salle du bordeau.

Autre temps autres mœurs, dira-t-on sans doute. Cependant il y a de nos jours des individus de mœurs presque aussi inavouables et qui se piquent de poésie, avec le talent en moins, il est vrai. Villon et Mathurin Régnier ont laissé des disciples. Tous les soirs on peut voir et entendre dans le sous-sol de certains cafés des boulevards et ce, au su et au vu de la police, un poète au nez de travers, glabre et pâle, à la face asymétrique, fendue d'une large bouche ricanante et qui ne vomit que l'ordure. Entre onze heures et deux heures du matin, il dit devant des putains pâmées et des bourgeoises vicieuses venues là pour l'entendre, des poésies dans le genre de celle-ci qui s'intitule : *Le maquereau amoureux.*

J'viens d'taper sur ma gonzesse;
J'te viens d'lui r'filer un tabac !
Faut que je la mette un peu à la redresse !
Faut pas qu'elle se foute de son mac !
Puis, c'te femme-là, elle m'dégoûte ;
Faut toujours qu'elle m'cause du turbin.
Nom de Dieu ! qu'est-ce qu'elle veut que ça m'foute,
Pourvu que les michés soient rupins !

Lorsqu'elle m'aboule d'la galette,
Faut toujours qu'elle m'dise d'où qu'ça vient.
C'est pas pour rien que j'porte un' casquette.
Pourquoi qu'elle me l'dit ? Je l'sais bien.
De ce dégoût, j'vas vous dire la cause.
Si nous nous cognons tous les deux,
Ah ! faut pas chercher autre chose,
Rigolez pas ! J'suis amoureux.

Oh ! mais, pincé de la belle manière !
Il y a d'ça environ un mois.
Et c'est la fille d'ma portière.
Je deviens pâle chaque fois que j'la vois.
Elle est si bath avec ses mirettes
Grand' comme ça ! On peut s'voir dedans.
Avec ça, de jolies risettes
Montrant tout l'éclat de ses dents.

Mais ce qui m'turlupine, c'qui m'agace,
C'est voir rentrer mon veau de rapport

Qui turbine sur l'trottoir d'en face.
Oh! c'te rosse-là, j'y en veux à mort!
Chaque fois que j'descends chez la p'tite
Afin d'lui faire un brin la cour,
V'la l'autre qui ranquille au plus vite :
On ne peut pas travailler dans l'jour.

Tandis que l'autre est si gentille
Que je m'suis fendu d'un cadeau ;
Je lui ai payé une mantille
Pour mettre par dessus son manteau.
Ah! il a fallu qu'elle casque, ma salope;
Pour l'acheter fallait du pognon.
Le soir elle tombait en syncope.
— Eh! feignante, au turbin ou des gnons.

— Pitié, Alphonse, j'sens que j'crève.
— Crève donc, outil de besoin!
Te reposer? Ça, c'est un rêve!
Veux-tu te patiner, eh! sagouin!
Ah! ça, tu te figures donc que je t'aime?
Mais je n'peux pas t'voir en tableau.
Si je reste avec toi quand même,
C'est parce que tu casques, eh! chameau!

Moi, t'aimer! Oui, jaime ta galette!
Adorer ta gueule! Ah! non! mon œil!
D'abord je r'luque une môme plus chouette,
Pour qui j'casquerais avec orgueil,
La fille du portier. Ah! la gosse!
La blague pas, ou j'te crève, vois-tu.
Fous-moi le camp, bougre de rosse!
Ma femme jalouse! Ah! Elle est bonne!

J'te défends d'chiner la vertu.
Mais c'que j'gobe l'autre, je vous dis que ça!
Chaque fois que j'l'a touche, je frissonne.
Qui sait, j'ai peut-être quéque chose là.
Mais v'la qu'en descendant mes étages,
J'vois dans la loge, nom de Dieu!

Mon béguin, sur l'pieu, sans corsage,
Qui s'faisait peloter par un vieux.

Ah ! le cochon ! Et c'te momaque
Qui s'fait troncher sans souci !
Mais je vois bien : l'vieux y casque
Y a donc que des putains ici ?
A c't'âge-là, faut déjà qu'ça s'vende !
Avec des yeux si bleus, si doux,
Faut encore que ça prête sa viande !
Sans doute pour acheter quéque bijoux.

Ah ! C'est du propre ! C'est ça la vie !
Y a qu'des salopes, partout, partout.
Moi qui me sentais l'âme ravie,
J'ai plus à c't'heure que du dégoût.
J'rentrai alors dans ma cambuse,
Presque pleurant. Oui, j'ai pleuré
Comme un crétin, comme une buse,
En r'voyant son visage adoré.

Et l'soir, quand ma bergère
A rappliqué, ah ! j'y en ai foutu
Sur la gueule, sur l'ventre, dans le derrière !
Nom de Dieu !, c'que j'ai cogné dessus !

En voici une autre du même genre, presque sur le même sujet, et que récite un poète du même acabit. Ça s'appelle : *Lamentations d'un saltimbanque.* Je la reproduis telle qu'elle m'a été remise par l'auteur et j'en respecte scrupuleusement l'ortographe.

Ma femme as sa cassée la pomme
En esseyant eul'l'grand écart ;
Ça m'a fait beaucoup d'peine, car
Elle turbinait tout comm'un homme.

Ma sœur, Olimphe la disloquée,
All'sa fait ramassée l'aut'soir
Qu'ell'faisait l'truc ed'sus l'trotoir.
J'la r'grette pas, c'était une toquée.

Et sa p'tit'momme à St-Lazare ;
All'a pas pu s'tirer des pieds
Du bois d'Vincennes où, choses bizarres,
Ell'taillait des barbes aux troupiers.

Mon frère, l'hercule de la montagne,
Qu'avait un passé plein d'honneur,
D'puis l'an dernier il est au bagne
Pour détournement ed' mineur.

Eh son p'tit gosse, el'clown, Emile,
Un agent d'mœurs l'arquepinça
Entrain ed'joué a j'tape dans l'mille
Avec un vieux qu'aime ce jeu là.

Mais tout ça j'm'en fous : c'est pleuré ;
Y a plus qu'une chose qui m'navre :
C'est qu'mon fils, l'ainé, Gustave,
C'te vache là, y s'est fait curé.

Je laisse de côté dans cette étude la question morale, me plaçant simplement au point de vue psychiatrique. Pourtant on me permettra au moins de m'étonner que de pareilles productions soient dites dans des établissements publics, mal fréquentés, il est vrai, succursales de bordels, refuges des filles et des souteneurs, il est vrai encore; mais ces établissements n'en sont pas moins publics, tout le monde peut y entrer et bien des bourgeois et des bourgeoises viennent y chercher des sensations nouvelles. On laisse même vendre ces productions dans la salle par les auteurs. On y entend tous les soirs le poète glapir d'une voix de rogôme : « Cinquante centimes le maquereau amoureux. Achetez-le, mesdames ! c'est un joli cadeau à faire à un enfant pour sa première communion ! » (sic).

Je remarque seulement. Je n'apprécie pas. J'espère que d'autres apprécieront. C'est pour cela que je me suis résigné à reproduire ces poésies ordurières qui n'ont rien de commun avec l'art même le plus réaliste.

CHAPITRE XIV

L'hypertrophie du moi

J'ai déjà dit que les poètes, même les poètes de génie, n'étaient pas exempts des misères et des vices des autres hommes, mais que souvent ils étaient atteints d'une sorte d'hypertrophie du moi, d'un égoïsme vraiment morbide qui peut les mener jusqu'au crime.

Bacon employa toute son éloquence à faire condamner le premier et le plus dévoué de ses bienfaiteurs, d'Essex ; par une lâche complaisance envers le roi, il introduisit pour la première fois dans la cour de justice un abus odieux et soumit Peacham à la torture, afin de pouvoir le condamner. Il trafiqua de la justice, et comme l'écrit Macaulay, « c'était bien un de ces hommes dont on peut dire : scientiis tanquam angeli, cupiditatibus tanquam serpentes. »

Bacon n'était ni un poète ni un dégénéré, mais un génie criminel chez qui les passions déchaînées étouffèrent la vertu.

L'Arétin est resté le type des écrivains dignes du mépris universel. Aussi lâche que cupide, il était si vaniteux qu'il s'appelait lui-même le divin Arétin et il osa solliciter du pape Jules III la dignité de cardinal.

Byron lui-même était possédé par un égoïsme maladif et chacun sait qu'il s'est comporté toute sa vie comme un homme dépourvu de sens moral. Même lorsqu'il aimait sa femme, raconte Jefferson, il refusait de dîner avec elle, pour ne pas renoncer à ses vieilles habitudes. Un jour, pendant qu'il travaillait, elle arrive et lui demande si elle lui cause de l'ennui :— à en mourir, lui répondit-il. Il battait sa maîtresse, La Guiccioli, une gondolière vénitienne qui, du reste, le lui rendait bien. Il raconte lui-même qu'une fois sa mère le poursuivait pour le frapper, et que, ne pouvant l'atteindre, elle lui cria, en le menaçant de la main : « Je t'attraperai plus tard, marmot boîteux !» Byron s'arrêta, saisi d'un sentiment de colère et de haine, car l'injure de sa mère venait de le frapper à l'endroit le plus sensible de son orgueil. En effet, la légère difficulté du pied dont il était affligé le préoccupa toute sa vie et il était extrêmement sensible à tout ce qui pouvait la lui rappeler.

Mais, pour parler en toute justice, il ne faut pas oublier que Byron avait l'excuse du génie, qu'il accomplit quelques grandes et belles actions qui peuvent racheter bien des fautes. De plus, et cette excuse n'est pas la moins importante à nos yeux, sa mère, lady Byron, éprouvée par de longs chagrins, chercha, comme bien des malheureux, à échapper au sentiment de ses maux par ces suspensions de l'intelligence qui sont une sorte de sommeil pour l'âme; elle appela le gin à son secours et se mit, comme Oberman, « à boire l'oubli des douleurs. »

Carlyle maltraitait sa femme, bien qu'elle fut intelligente et eut pu lui servir de collaboratrice. L'idée de voyager avec elle en voiture lui paraissait inadmissible. Il la trompait sous ses propres yeux et prétendait qu'elle ne s'en occcupât point. Il en faisait sa domestique; elle devait écarter de lui tous les bruits, lui cuire son pain, parce qu'il n'aimait pas celui des boulangers, faire à travers les bois des lieues à cheval pour lui servir de courrier. Il ne la voyait point en dehors des heures des repas, il restait près d'elle pendant des semaines entières sans lui adresser la parole, même lorsqu'elle tomba malade.

Alexandre Dumas raconte dans ses Confessions (p. 312) que, dans un accès de colère, il alla jusqu'à arracher les cheveux de sa femme. Il disait ensuite à ses amis en riant : « Si ses larmes étaient des perles, je m'en ferais un collier. »

On connaît l'irritabilité maladive de J. Barbey d'Aurévilly, des frères Ed. et J. de Goncourt et de tant d'autres de moindre importance. La vanité est le péché mignon de toute cette cohorte des tout petits poètes de notre décadence. Si je voulais citer des exemples, je n'aurais que l'embarras du choix. Il y a quelques années déjà, j'avais touché cette même question de la poésie décadente. Un des auteurs cités riposta par la singulière épitre que voici et qui n'est pas précisément un modèle de modestie.

« Je permets à tous de faire valoir leurs raisons, contre mon vouloir, mais je ne puis tenir pour raisons les sarcames, l'insulte et la mauvaise foi.

« C'est pourquoi je réponds à M. le Dr Emile Laurent, qui, avec un acharnement inexpliquable, a manqué de courtoisie et fait preuve d'ignorance, non seulement de mes desseins, de mes livres, de ce que sont mes amis et moi, mais aussi de faits scientifiques.

« Je n'ai rien de commun avec les *Décadents et Symbolistes* ; je suis le chef de « l'Ecole évolutive-instrumentiste », qui compte à ce jour trente poètes combattant avec moi, au nom de principes rationnels, ces *Décadents et Symbolistes* comme les ressasseurs du Passé, tout l'énervement actuel de la Littérature poétique.

« L'on sait cela, et le signataire de l'article ignore trop... ou fait trop semblant d'ignorer !

« Le Sonnet qu'il cite de moi, date de cinq ou six ans. Je ne le renie pas, pas plus que trois ou quatre autres pièces détachées, hâtivement écrites pour des revues.

« L'on sait encore (!!) en effet, que je travaille à une Œuvre, une, de vie entière, de onze livres, c'est-à-dire plus de trente volumes : œuvre à la fois poétique, philosophique et sociologique.

« Elle est le développement de mon principe de Philosophie évolutive, basé scientifiquement ; et ma théorie d'instrumentation verbale est la « forme » adéquate, également scientifique pour l'expression de cette Œuvre.

« C'est de l'adoption raisonnée de ces principes que s'est constituée « l'Ecole évolutive-instrumentiste. » Je ne demande pas à M. Laurent de lire mes livres, mais il eût pu voir l'Enquête littéraire de M. Jules Huret...

« Quant à la *coloration des voyelles*, sur laquelle il appuie : ce n'est, en ma Méthode, qu'une indication très secondaire, mais dont je devais dire un mot. Car, comme homme de science, M. le Docteur aurait dû saisir que nous assistons là, par cette coloration des mots vue par un très grand nombre, à une évolution progressive de nos sens élevés, et que l'on va à la synthèse raisonnée des sensations.

« Ce que M. le Docteur doit ignorer de

choses !... Mais, ce suffit. J'ai voulu seulement donner une leçon à un discourtois présomptueux ; les sarcasmes et les insultes d'un docteur Laurent ne sont rien contre la marche d'une force rationnelle qui veut avec ardeur, foi et travail, un Avenir meilleur moralement et intellectuellement : et j'ai dit que cette force, est l'Idée évolutive, est l'Ecole évolutive ? Il est facile, si c'est odieux, de traiter de fous des travailleurs et des consciencieux allant hors de la routine, et hors de l'incohérence ambiante, justement : mais l'on voit qu'ils peuvent répondre facilement ! »

Combien j'en ai vu, autrefois, à Sainte-Anne, de chefs d'écoles instrumentistes, évolutives, adéquates, rationnelles, et autres ! Tous étaient chefs d'école, tous marchaient et travaillaient pour l'idée nouvelle qui n'arrivait jamais à sortir claire et adéquate, comme dit mon correspondant, des limbes de leur cerveau. Tous étaient des génies incompris — je ferais mieux de dire incompréhensibles.

Cette sorte d'hypertrophie du moi se rencontre chez les artistes de tout genre et même quelquefois chez les savants.

Donizetti brutalisait sa famille. Ce fut, après un accès de colère sauvage où il en était arrivé à battre sa femme, qu'il composa en sanglotant, l'air célèbre : *Tu che a Dio spiegasti.*

Michel Ange Amerighi dit le Cavarage était, malgré son talent et son originalité, un être grossier, envieux et vaniteux. Il avait des querelles continuelles et un meurtre l'obligea de quitter Rome. A Malte, il se fit emprisonner pour avoir insulté un chevalier.

Le peintre flamand Brauwer ne fut qu'une superbe et épique canaille, un franc drôle, un pilier de tripôts et de tavernes, se mêlant aux soûleries, fomentant les rixes, tapant lui-même la crapule à coups de brocs. On le retrouve du reste dans ses tableaux. « Chez lui, dit C. Lemonnier, le sang et la bière coulent pareillement, ses crânes s'ouvrent comme des bondes, ses tonnes giclent comme des plaies ; on cogne, on se troue la peau, on se disloque les machoires, on s'assomme. Les marauds s'enflent de colère et d'orgueil, et dans une atmosphère de massacre, par-dessus les faces de crapauds et de poulpicants, les ternes épaules et les torses empâtés, toujours s'exhausse le geste des bras frappant comme des massues. Une haleine de carnage souffle à travers ses lampées et ses parties de cartes ; il peint les épiques ribauds, les plèbes en folie, les truandailles des cours d'assisses. Son art s'enveloppe de haine froide, d'hyberbolique violence, de grossissement tragique.»

Son élève Jean Steen, de Leyde, ne valait guère mieux et ne travaillait que pour boire.

Je pourrais citer nombre de cas semblables parmi les poètes décadents.

CHAPITRE XV

La soif des poisons.

On sait combien les dégénérés, si souvent issus d'alcooliques, héritent d'une propension puissante à boire et deviennent eux-mêmes alcooliques, le poison achevant la déchéance morale de l'individu déjà taré de par son hérédité. Je n'ai pas besoin de citer des noms pour rappeler combien souvent les poëtes et les artistes ont cédé à cette funeste passion qui souvent les a tués. Je ne serais pas embarrassé pour trouver des exemples, malheureusement trop nombreux, parmi les fabricants de rimes de l'école décadente. On comprendra que je ne cite aucun nom, même parmi les trépassés, n'écrivant que pour constater un fait et nullement pour moraliser ou molester qui que ce soit.

Il me semble également inutile de rappeler que l'alcool atteint l'homme dans ses fonctions les plus nobles et les plus élevées. En même temps que la faiblesse et la débilité des fonctions physiques, il amène une insuffisance croissante des facultés morales. Il détruit les facultés éthiques et esthétiques. Lisez le passage suivant de R. von Krafft-Ebing et vous y retrouverez le portrait de plus d'un décadent alcoolique. J'ai des noms sur le bout des lèvres. « L'individu qui s'adonne à la boisson a des idées relatives sur tout ce qui concerne l'honneur, les mœurs, les convenances ; il est indifférent aux conflits moraux, à la ruine de sa famille, au mépris de ses concitoyens ; il devient un égoïste et un cynique (*inhumanitas ebriosa*). Une irritabilité d'humeur croissante et une véritable disposition à la colère violente, vont de pair avec les phénomènes moraux. Les moindres causes provoquent des émotions de rage qui, étant donné la faiblesse éthique très avancée, sont indomptables et revêtent le caractère d'émotions pathologiques *(ferocitas ebriosa)* ».

Cette appétence morbide pour les poisons qu'on observe chez les dégénérés, n'existe pas seulement pour l'alcool ; elle se manifeste aussi pour tous les autres poisons qui amènent une euphorie : chloral, ether, cocaïne et surtout morphine. C'est parmi eux que se recrutent presque tous les morphiniques passionnels, les ivrognes de la morphine, ceux qui y sont venus par simple dérèglement d'esprit et par recherche d'une sensation nouvelle. Ici encore, il ne m'est pas permis de citer des noms. Mais j'affirme qu'il existe parmi les poëtes décadents un nombre très sérieux de morphiniques passionnels, et il en est parmi eux trois au moins qui jouissent d'une certaine notoriété. Ces trois malheureux ne sont point venus à la morphine pour y trouver l'oubli de souffrances physiques réelles. Ils y sont venus par vanité, par forfanterie peut-être, mais peut-être aussi attirés par ce poison mystérieux qui leur procure, assurent-ils, la plus suraigüe et la plus douloureuse des voluptés, en même temps qu'il les détraque tous les jours un peu plus, désagrégeant leur individualité morale en même temps qu'il désagrège lentement leur individualité physique. En cela ils se comportent absolument comme des héréditaires dégénérés.

Comme l'alcool et la morphine, le tabac procure une sorte d'euphorie, plus légère et plus fugace, il est vrai, mais réelle néanmoins. Il est certain que, pour nombre d'individus, la fumée du tabac, à dose modérée, produit une excitation cérébrale ; mais il est non moins certain qu'à dose plus élevée elle ne tarde pas à faire naître la paresse et l'improductivité. L'esprit ne s'adonne plus qu'à la rêverie et ne sait plus travailler réellement. Je n'ai pas besoin de dire combien l'usage et plus encore l'abus du tabac se rencontre parmi les individus que j'étudie.

Ne voulant pas sortir de ma réserve, je n'ai pas la prétention de rechercher si le tabac entrave le génie et nuit à son évolution. La question est trop complexe et trop difficile. Mais je me contenterai d'emprunter quelques faits au beau travail de M. de Fleury.

Pour cet auteur, les grands génies ne fument guère ; il semble même, dit-il, que, logiquement, il ne puissent pas fumer.

Balzac avait le tabac en horreur et il s'est souvent élevé contre ce vice ; Henri Heine, le délicieux poëte allemand, ne fumait pas ; Goethe ne fumait pas : Victor Hugo ne fumait pas ; Dumas père ne fumait pas ; Michelet ne fumait pas.

Par contre, Byron, un détraqué de génie, un issu d'alcoolique, presque dépourvu de sens moral, fumait.

Musset fumait : mais quelle vie et quelle mort ! et puis quelles chutes après quels coups d'aile ! quelle inégalité ! que de choses indignes de son talent !

Eugène Sue, un imitateur, déjà presque un inconnu maintenant, fumait.

George Sand, une mécontente et une hypocondriaque, fumait.

Paul de Saint Victor, un critique habile mais un impersonnel, fumait.

Ponsard, un médiocre, fumait.

Théophile Gautier, un indolent et un découragé,

qui ne fut qu'un homme de talent très artiste et qui eut pu être un homme de génie, fumait.

Flaubert, presque un impuissant, qui passait six ou huit ans à ciseler un livre, fumait.

Beaudelaire, un grand artiste au désespoir effrayant, fumait.

Gérard de Nerval, qui fut un désolé et un vaincu de la vie, fumait.

Villiers de l'Isle-Adam, un incohérent qui eut pu être quelqu'un peut-être, fumait.

Les frères de Goncourt, dont on connaît la subtibilité nerveuse et maladive, fumaient.

« Beaucoup de grands fumeurs sont pessimistes, dit encore M. de Fleury, et non point de cette hautaine et noble tristesse qui fait les chefs-d'œuvre, mais d'une tristesse aiguë, irritable, sans dignité. Les calmes, les forts, les impassibles, et, comme on dit, les olympiens, ne sont pas des fumeurs ».

CHAPITRE XVI

L'amour exagéré des bêtes.

L'amour exagéré des bêtes n'est pas un phénomène rare chez les individus frappés de dégénérescence, particulièrement chez cette sorte de faibles d'esprit que les aliénistes et les psychologues ont appelé les débiles. C'est, chez eux, l'hypertrophie d'un sentiment naturel à tous les hommes de bon cœur : l'amour et la pitié pour nos frères inférieurs, les animaux. Si l'homme est le roi des animaux, il ne doit pas en être le tyran, a dit avec juste raison un philosophe dont j'ai oublié le nom. Mais, chez certains individus mal pondérés, les sentiments s'hypertrophient ou dévient. On note alors ces cas pathologiques d'êtres dont toute l'affection se reporte sur un animal, souvent immonde. Leur vie toute entière gire autour de cette bête qu'ils soignent et dorlottent comme un enfant, pour laquelle ils travaillent et feraient les plus grands sacrifices. Ce sont généralement des vieilles filles qui n'ont jamais trouvé à placer leur affection, des prostituées qui se consolent ainsi des dédains et de la brutalité des hommes qui les prennent en passant et les rejettent ensuite avec dédain dans la rue. A. Daudet a décrit dans son roman *Sapho* la passion d'une vieille prostituée pour un caméléon qu'elle élevait dans de la ouate et qu'elle soignait plus attentivement qu'une mère soigne son petit enfant.

D'autres s'attachent à des singes, à des cochons d'inde, à des chats, à des chiens.

Je connais une hystérique un peu détraquée qui préfère sûrement son petit chien à ses enfants. Quand elle leur distribue des bonbons, le chien passe toujours avant eux. Je connais une famille où l'on élève un petit singe puant et malfaisant qui casse tout et salit tout. Il n'en est pas moins choyé et dorlotté. Par contre, les enfants sont tenus avec un rigorisme exagéré. On pardonne au singe les plus vilaines farces et on le gronde en lui donnant des noisettes ou des morceaux de sucre, alors que les enfants sont sévèrement réprimandés pour la moindre maladresse et la moindre peccadille.

M. A. Ruffin qui a écrit un poème sur *Les*

Chats, le dédie, dans une « dédicace à prendre au sérieux », dit-il, « à Nini, la belle chatte blanche et gris-perle qui venait le réveiller tous les matins dans son petit lit d'enfant en lui apportant sa jolie tête à caresser ; à Nini la grande, la douce, l'intelligente, dont la figure, aujourd'hui lointaine, est encore dans son souvenir aussi vivante et radieuse qu'aux jours où sa mère en provoquant ses aimables coups de griffes, ne se lassait point de la lui faire admirer ». Il espère que « du haut de l'astre où maintenant elle réside (la lune sans doute) », elle ne désapprouvera pas trop ses modestes essais poétiques sur les chats.

Il est vrai qu'il reconnaît une foule de qualités à cet égoïste et hypocrite animal pour lequel il a une adoration morbide. Ecoutez plutôt :

Le plus gras des matous fait sa digestion
Couché sur ses poignets comme un taureau dans [l'herbe.
Son œil est demi-clos et jamais un lion
N'eut le sourcil chargé d'un ennui plus superbe.

On sent bien qu'un sultan si formidable à voir
N'a jamais à ses vœux rencontré de rebelles,
Et qu'il n'eut qu'à choisir pour jeter le mouchoir
Dans le troupeau soumis des chattes les plus [belles.

Quels batârds de ce tigre ont été reconnus ?
Aucun. Le hasard seul leur fournit la gamelle ;
Pourtant ces vagabonds, courant les toits pieds [nus,
Doivent encore bénir la bonté paternelle.

Nous dévorons nos fils de baisers seulement ;
Mais le matou, cruel quand la faim l'exaspère,
Pouvant prouver aux siens qu'il les aime autre-
[ment,
En ne les croquant point se montre assez bon
[père.

Cet amour des chats n'est pas rare chez les poètes un peu détraqués. Je connais un poète de talent qui, malheureusement pour lui, a conservé à l'âge d'homme les naïvetés et les faiblesses d'un enfant. Il a une passion morbide pour les chats et en entretient trois sur ses modestes revenus. En été ils empoisonnent et rendent presque irrespirable l'air de l'unique pièce qu'il habite. Il les dorlotte, les caresse, ne sort ni ne rentre jamais sans les avoir embrassés longuement. Il est prêt pour eux à tous les sacrifices et fait plus pour eux qu'un bon père de famille ne ferait pour ses enfants. Le jour de leur anniversaire, il leur achète des alouettes, leur donne des balles et des poupées pour les amuser. Il dut un jour se résigner à faire subir à l'un d'eux cette cruelle opération qu'un chanoine fit subir à l'infortuné Abeilard. Il s'y résigna en pleurant et acheta au matou, pour le consoler, une boîte de sardines. Un soir il recueillit une chatte errante qu'il n'eut pas le courage de laisser dans la rue. La nuit, pour éviter qu'elle jette le désordre et la zizanie parmi ses matous, il la mit coucher avec lui et l'attacha avec une ficelle au col de sa chemise. D'ailleurs ses chats mangent à sa table, mettant le nez ou les pattes dans les plats, partageant tous ses mets, cassant ses verres et ses bibelots. Toute son attention, toutes ses facultés sont concentrées sur ses chats qui semblent être le pivot de son existence. Il travaille à une anthologie sur les chats et caresse le rêve de voir se fonder à Paris un cat-club comme à Londres. Il a même été jusqu'à dresser un état civil des chats dont il s'est fait le domestique et voici un de ces curieux documents.

RÉPUBLIQUE DES CHATS

1019e Arrondissement.

Bureaux de l'État civil.

Par devant nous, officier de l'État civil des mitous, ce 24 décembre 1891, ont comparu M. PAUL MINON et Mme LA MINE, qui nous ont déclaré la naissance d'un chat taral (1), du sexe masculin, fils de BAPTISTE LE COUREUR,

(1) Chat non coupé.

sans profession, et PAUVRETTE, chatte du journal *La Paix*, demeurant tous deux rue Saint-Joseph, lequel chat taral a reçu les noms et prénoms de :

TOM GORENFLOT BOUBOUL N...

En foi de quoi nous avons signé et paraphé le présent acte.

Paris, le 24 décembre 1891.

L'Officier de l'état civil des mitous :

PATAPON.

Cette passion est chez ce sujet, j'allais dire ce malade, tellement absorbante qu'il a réussi à la communiquer à sa femme. Le mot chat et tout ce qui touche aux chats revient sans cesse dans leur conversation ; avec des mignardises de petits vieux ils s'appellent mine, minon, minette. Le chat domine leur existence et les a mués en deux mères Michel. Un aliéniste dirait que c'est du délire à deux.

CHAPITRE XVII

Physiognomonie décadente.

Le besoin de se singulariser par le costume ou par les attitudes est commun à tous les détraqués, à tous les déséquilibrés. J'ai en ce moment sous les yeux un album de photographies que j'ai recueillies autrefois à Sainte-Anne. La plupart de ces malheureux sont accoutrés de la plus bizarre façon. On sent chez eux le besoin invincible de se singulariser, « de se faire remarquer ». Voici une femme dont la tête est couronnée de fleurs; voici un mégalomane dont la poitrine est constellée de rubans, de médailles, même de vieilles roues d'horloge. D'autres sont debout, dans l'attitude de la déclamation ; d'autres, la dextre levée dans un geste impérieux de commandement ; d'autres, les bras croisés, le front plissé par la colère ; d'autres, les yeux levés au ciel dans une envolée de prière ; tous enfin dans une pose étudiée, comme des acteurs au théâtre.

La même tendance se retrouve chez les décadents et chez tous les névrosés. Jules Barbey d'Aurévilly, un névrosé de génie, se revêtait, chez lui, tantôt d'un grand peignoir blanc, tantôt d'une blouse de drap rouge brodée de croix noires et vertes sur l'épaule ; il se coiffait d'un bonnet de drap rouge à forme dantesque.

Voici maintenant un numéro d'un journal qui contient toute une série de portraits des *poetæ minores* des diverses écoles décadentes. Si on supprimait les noms, si on se bornait à examiner le costume et les attitudes, cet album différerait bien peu de celui de Sainte-Anne. C'est la même recherche des poses, le même souci des attitudes. Notez encore l'usage fréquent du monocle, la disposition invraisemblable de la chevelure et quelquefois de la barbe, le soin excessif ou le négligé non moins excessif et prémédité de la coiffure. On sent que tous ces individus ont voulu se faire une tête, espérant, à défaut de talent, se signaler ainsi à l'attention de leurs contemporains. Voyez celui-ci dans une pose théâtrale, le chef ombragé d'une longue chevelure d'astre, sanglé dans une longue redingote à sous-pieds, avec une cravate aussi spacieuse qu'un canapé,et un monocle carré vissé dans l'œil droit. Il porte à la main une trique qui pourrait servir de poteau télégraphique. Ajoutez à cela une tête aplatie, avec un nez retroussé et mal planté, des lèvres minces sur une bouche édentée. S'il sort dans la rue avec ce costume, il doit avoir un joli succès, car le pauvre jeune homme fait carnaval en toute saison.

Comparez la belle tête romaine de François Coppée, celle moins régulière et moins harmonieuse de Zola ou la bonne figure de Jean Moréas avec les faces glabres et pâles d'eunuques qui les environnent. Le contraste est frappant.

En voici un qui n'a pas de front, un autre atteint de prognathisme prononcé, trois autres frappés d'une asymétrie faciale manifeste. En examinant cette page on dirait la galerie des gueules de travers. Voyez ces têtes plagiocéphales, oxycéphales, acrocéphales, ces nez difformes ou tordus, ces faces glabres et asymétriques, ces oreilles larges, en anses, mal ourlées, ces zygomes énormes, ces machoires lourdes et prognathes. Considérez celui-ci avec son menton de galoche et sa lèvre mince, en lame de couteau, et cet autre avec sa face hébétée d'alcoolique et les yeux d'halluciné de celui-ci et la figure simiesque de ces deux autres. Voyez ce beau jeune homme si bien peigné et si bien coiffé et un autre à la longue chevelure qui font évoquer les baïtchas de l'Asie. Et combien d'autres encore qui semblent brouillés avec l'harmonie des formes !

Ce ne sont là bien entendu que des aperçus superficiels. Car je tiens absolument à ne désigner et surtout à ne molester personne. *Genus irritabile vatum* ! Mais il me semble qu'il y aurait une curieuse étude à faire dans ce sens. La physiognomonie n'est peut-être pas une science vaine. *A vultu vitium*, disaient les latins ; le vieux proverbe toscan dit à son tour : *il ciuffo e nel ceffo* ; et nous disons communément que le visage est le miroir de l'âme.

TABLE DES MATIÈRES

PARIS
IMPRIMERIE L. BEILLET
80, Rue de Bondy, 80

www.ingramcontent.com/pod-product-compliance
Ingram Content Group UK Ltd.
Pitfield, Milton Keynes, MK11 3LW, UK
UKHW021537260726
13993UKWH00002B/541